아버지의 연상(硯箱)

1판 1쇄 발행 | 2016년 4월 25일

지은이 | 김병헌
발행인 | 이선우
펴낸곳 | 도서출판 선우미디어

　　　등록 | 1997. 8. 7 제305-2014-000020
　　　02643 서울시 동대문구 장한로12길 40, 101동 203호
　　　☎ 2272-3351, 3352 팩스: 2272-5540
　　　sunwoome@hanmail.net
　　　Printed in Korea ⓒ 2016. 김병헌

값 12,000원

※ 잘못된 책은 바꿔 드립니다.
※ 저자와의 협의하에 인지 생략합니다.
※ 이 도서의 국립중앙도서관 출판시도서목록(CIP)은 서지정보유통지원시스템
　홈페이지(http://seoji.nl.go.kr)와
　국가자료공동목록시스템(http://www.nl.go.kr/kolisnet)에서 이용하실 수 있습니다.
　(CIP제어번호: CIP2016009296)

ISBN 978-89-5658-436-2 03810
ISBN 978-89-5658-437-9 05810(pdf)
ISBN 978-89-5658-438-6 05810(e-pub)

아버지의 연상

硯箱

김병헌 수필집

선우미디어

작가의 말

조선 시대 흥선 대원군이 말한 "학문으로는 장성만한 곳이 없다"는 뜻의 '文不如長城'에서 '長城'은 곧 내 고향 장성을 가리킨다. 나는 조선 시대 성리학의 대가이신 하서(河西) 김인후(金麟厚) 선생의 15대손으로 태어나 엄격하면서도 온유하신 부모님의 가정 교육을 받고 자랐다.

군복무 후 바로 취업이 되어 근무한 곳이 섬유를 수출하는 무역 업체로 이 직장에서 오랫동안 근무하다 정년을 맞아 세상 밖으로 나와 보니 새롭게 할 만한 일을 찾을 수가 없었다. 그래서 학창 시절에 뜻을 두고 있었던 문학 공부를 해 보고자 다짐하였다. 직장 생활을 할 때는 책 한 권 읽을 기회가 없었던 내가 문학 공부를 하고자 찾은 곳이 수필계의 대가이신 산영재 이정림 선생님의 수필 교실이었다.

글을 쓰다 보면 자연히 떠오르고 찾는 곳이 고향이다. 그런데 내 고향은 1974년에 수백 년 대대로 살아온 터전에 농업용수 확보를 위한 댐이 건설되어 면 전체가 수몰되고 행정구역마저 사라져 고향을 잃은 실향민이 되었다. 그래서 고향이 더욱 그립기만 하다.

그러나 이 댐 건설로 생긴 장성호의 물은 호남 곡창지대의 농업용수로 사용하고 있어 아주 중요한 시설이 되었다. 또한 주위의 경관이 수려하고 물결이 잔잔한 호수여서 전국 조정 경기 대회가 매년 이곳에서 열리고 있어 수상 체육 발전에 크게 이바지하고 있다. 고향을 잃은 향우들은 서울에서 뭉쳐서 향우회가 더욱 활성화되고 있으며 고향 발전에 조금이나마 보탬이 되고자 모두가 노력하고 있다.

선생님의 지도 아래 열심히 공부하던 중 2010년 ≪에세이21≫ 가을호에 〈아름다운 약속〉으로 완료 추천되어 문단에 등단했다. 보람과 기쁨이 크다. 지도해 주신 산영재 선생님께 무한한 감사의 말씀을 드린다.

금년 4월이면 우리 부부가 만난 지 47주년이 되는데 그것을 기념하여 한 줄의 글이라도 남기고자 용기를 내어 수필집을 펴내기로 하였다.

그동안 쓴 글과 월간지, 계간지, 고향 문학지에 발표했던 글을 모아 세상 밖에 내놓기가 부끄럽지만 인생을 살아온 흔적을 남겨 후손들에게 조금이나마 보탬이 되도록 이름 석 자를 활자화한다는 것에 큰 의미가 있다고 생각했다.

수필집을 내기까지 많은 격려를 해주신 선후배님과 동료 여러분께 감사를 드린다. 그리고 밤늦게까지 책상에 앉아 글을 쓰고 있을 때 살며시 서재에 들어와 부드러운 말씨로 격려해 주고 글 내용을 살펴보며 토씨까지 교정해 준 아내 백경자 안젤라에게 감사를 드린다. 또한 노후에 글을 쓰는 아버지를 사랑하여 일생 동안 체험한 글을 정리하여 수필집 내시기를 희망한다며 재촉한 자랑스러운 아들딸 승명(承明), 승경(承慶), 재윤(載潤) 삼 남매와 맏사위 염우철(廉友澈)에게 감사와 기쁜 마음을 전한다. 이 책이 만들어지기까지 노력을 다해 주신 선우미디어 이선우 사장께도 고마운 마음을 전한다.

2016년 4월 결혼 47주년을 맞이하여
삼각산 아래 吉承書室에서
빛난별 김병헌

추천하는 말

박승(전 한국은행 총재)

이 책을 펴내는 저자 김병헌은 나의 이리공업고등학교 후배 되는 사람이다. 시골에서 대학 진학도 포기해야 할 만큼 어렵게 자란 그는 방송통신대학을 나와 미원모방주식회사에서 30년간이나 근무하고 정년퇴임한 사람이다. 말하자면 성실하게 열심히 일해서 작은 성취를 이루어 낸 평범한 시민이다.

그런 그가 70대의 나이에 글쓰기를 배워 수필집 ≪아버지의 연상(硯箱)≫을 펴낸다고 한다. 어찌된 일인가 하는 생각이 들었다. 먹고 살기 위해 평생을 허겁지겁 뛰어다니며 살다가 인생을 정리하기 시작해야 할 나이가 되어 뒤돌아보니 뭔가 크게 비어 있는 곳이 있음을 깨닫게 된 것 같다. 여기서 그는 아쉬움과 후회와 그리움이 뒤엉킨 허공을 헤매다가 거기서 늦깎이 수필가의 길을 찾게 되었을 것이다.

그는 살기 어려웠던 시절에 태어나 일제 강점기, 1950년 한국전쟁, 산업화 과정, 그리고 밥걱정 없는 오늘의 풍요에 이르는 한국의 현대사를 몸소 체험하며 살았다. 그래서 그의 글에는 가난에 대한 절규, 과거에 대한 향수, 부모에 대한 사랑, 삶에 대한 반성 등이 그대로 묘사되고 있다. 그의 글이 서정적이라기보다 서사적이라 할 수 있는 것도 이 때문이 아닌가 싶다.

그는 전남 장성에서 아버님이 50세 때 늦게 태어났다 하여 어려서 '쉰둥이'라 불렸다고 한다. 그가 살던 마을은 저수지에 들어가 없어지고 지금은 서울 북한산 자락의 수유동에 살고 있다. 그래서 아버님의 사랑과 없어진 고향을 생각하는 그의 깊은 마음을 여기저기서 읽을 수 있다. "고향 선산에서 호수 속에 잠겨 버린 옛집을 바라보며 누워 계시는 부모님, 산소를 찾아뵐 적마다 사죄의 눈물이 흐른다."(〈아버지의 연상(硯箱)〉에서)

김 병 헌 수 필 집 | 아 버 지 의 연 상 (硯 箱)

| 차 례 |

Chapter
1 내 고향이 좋아

Chapter 6 | 백양사 쌍계루(雙溪樓)

저자가 태어나기 전 수몰된 집과 가족사진

중학생 시절

고등학생 시절

군복무 시절

내 고향이 좋아

우리 집 감나무

유실수를 심자는 캠페인이 한창일 때였다. 종로 5가를 지나고 있는데 한 여인이 인도에 꽃나무와 다른 여러 가지 묘목을 산더미처럼 쌓아 놓고 지나가는 손님들을 향해 소리를 지르고 있었다. 나는 유실수 묘목에 눈이 갔다. 어떤 나무로 할까 잠시 고민하다가 감나무 한 그루를 골랐다. 여인은 반기며 잘 골랐다면서 달고 맛있는 대봉의 묘목이라고 했다.

마당 한구석에 그 감나무를 심었다. 잘 자라면 언젠가는 큰 감을 딸 수 있겠지 하는 기대를 품게 되었다. 심은 지 일 년이 되는 봄이었다. 감나무 가지에 연녹색의 새싹이 돋아났다. 그리고 신기하게도 하얀 꽃이 세 송이나 피었다. 나는 너무 반가우면서도 과연 이것이 결실을 맺을 수 있을지 걱정이 되었다. 시간이 나는 대로 감나무를 주의 깊게 살폈다.

얼마 지나지 않아 감꽃이 떨어지고 그 자리에 엄지손가락만 한 감이 맺히는 게 아닌가. 너무나 신기했다. 그러나 영양분이 충분치 못하였는지 작은 감은 얼마 있다 떨어져 버리고 잎사귀만 무성했다. 첫해 첫 번째의 결실은 그렇게 실패작으로 끝났다.

그 후 무관심 속에 몇 년이 지났다. 감나무는 지붕보다 더 높게 키가 자랐다. 좁은 마당에서 햇빛을 충분히 받지 못해서 그런가, 위로만 뻗어 가는 가지는 키 자랑만 하는 것 같았다.

매년 봄철이면 감나무에서는 어김없이 하얀 꽃이 피었다. 그 속에는 조그만 감이 맺혀 있었다. 그것이 자라면서 꽃잎은 떨어지고 그 알들은 점점 굵어졌다. 한편 잎사귀는 연녹색의 어린잎에서 점점 진녹색으로 변하며 반질반질하게 윤기를 내면서 커졌다. 꽃이 모두 지고 감이 여물어 가면 가끔은 어디서 "툭!" 하는 소리가 들렸다. 놀라서 돌아다보면 큰 감이 바닥에 떨어져 있었다.

지난봄에는 감꽃이 피어 마당을 환하게 비추어 주었다. 며칠 뒤에는 하얀 꽃이 하나 둘 떨어지더니 땅에 수북이 쌓였다. 꽃이 많이 피었으니 올해는 감을 제법 딸 수 있지 않을까 기대가 되었다. '감이 주렁주렁 많이 달리면 보는 이들도 마음이 즐겁고 풍요로워질 터인데….' 하고 생각하니 내 마음도 즐거워졌다.

늦은 가을에 서리가 내리고 감나무 잎은 하나도 남지 않고 떨어졌다. 빈 가지에 무르익은 주홍빛 감이 매달려 있는 풍경이 아름다웠다. 우리 집 앞을 지나는 사람마다 감들을 쳐다보며 "아, 그 감 먹음 직스럽다!" 하고 찬사를 아끼지 않았다. 이웃 사람들은 감나무를 쳐다보면서 "혼자 먹으면 안 돼!" 하고 은근히 압력을 가했다. 나는 그 말이 싫지 않고 흐뭇하기만 했다. 이것이 바로 수확의 즐거움인가.

초겨울이 되어 날씨가 추워졌다. 얼기 전에 감을 따서 보관해야 했다. 감을 따기 위해 아내와 함께 만반의 준비를 했다. 딸 때 감이 떨어져 상처가 나지 않도록 감나무 주위에 모기장을 펼쳐 놓았다. 그리고 장대 끝으로 감이 열린 가지를 꺾어 내렸다. 마지막 한 개는 그냥 두었다. 새들이 쪼아 먹을 수 있도록 까치밥으로 남긴 것이었다.

심은 지 20여 년 만에 처음으로 오십여 개나 되는 대봉을 거두어 들였는데 수확하는 마음이 이렇게 뿌듯하고 좋은지 미처 몰랐다. 시골에서 농사짓는 농부의 심정도 바로 이렇지 않을까 짐작해 보았다.

오늘은 우리 집에서 교우 분들이 모였는데 대부분이 동네 어른들이었다. 오가며 우리 집 감에 눈독을 들인 분들이기도 했다. 그분들에게 감을 나누어 드렸다. 달콤한 그 맛에 모두 감탄을 하였다. 우리 부부는 더 큰 기쁨을 느꼈다.

오늘은 대봉으로 잔치를 벌인 셈이라 할까. 모였던 동네 어른들이 다 가고, 집은 다시 조용해졌다. 마당에 나와 감나무 가지를 다시 올려다본다. 맨 꼭대기 가지에 달랑 하나 남은 까치밥이 오늘따라 더욱 선명하고 아름답다.

(2008. 2.)

그리운 고향

백양사 골짜기에서 내려오는 물이 냇물을 이룬다. 그 냇물은 내 고향 어귀를 돌아 흘러간다. 어릴 적 내가 살던 집을 가려면 그 냇물의 징검다리를 건너야만 한다. 돌다리는 항상 물이 넘쳐흘러 한겨울에도 양말을 벗고 건너야만 한다.

냇물을 건너면 바로 앞에 삼백여 년 된 큰 정자나무가 서 있고 그 아래에는 한여름에 쉬면서 땀을 식힐 수 있는 모정이 자리 잡고 있다. 그곳을 지나 길을 따라 거슬러 올라가면 왼쪽에 수백 년 된 은행나무 암수 두 그루가 서 있고, 그 아래에는 옛날에 연자방아가 돌던 터가 그대로 남아 있다. 거기서 조금 더 올라가면 조그만 산 아래 큰 기와집이 보인다. 그곳은 우리 집안의 조상님을 모시는 제각(祭閣)이다. 그곳을 돌아서 가운데 길로 들어서면 백여 호의 마을이 평화롭게 보인다. 이 마을이 내가 태어난 텃골[基洞]이다. 마을 한가운데 큰 기와집 두 채가 있는데 왼쪽에 자리 잡은 집은 큰댁이고, 오른쪽의 집이 우리 집이다.

다섯 살 때의 일이 떠오른다. 봄철이면 우리 집 마당과 사랑채 정원에는 아름다운 꽃들이 많이 피었는데, 아버지가 거처하시는 사랑채 앞에는 유독 예쁘고 탐스러운 목단 꽃이 피어 있었다. 갖고 싶은 욕심에 나도 모르게 그 꽃을 꺾자 집안일을 보던 분이 이 광경을 보고 곧바로 아버지께 일러바쳤다. 나는 그 즉시 불려가 엄하게 내리시는 꾸중과 함께 훈계를 받고 회초리로 종아리를 맞아 많이 울었다. 아버지는 "예쁘다고 네가 꺾으면 다른 사람은 볼 수가 없지 않느냐? 다음에는 탐이 나더라도 꺾지 마라." 하고 타이르셨다. 그 말씀이 어린 마음에도 가슴 깊이 새겨져 자라서도 피어 있는 꽃을 다시는 꺾지 않았다.

부모님 슬하에서 응석만 부리던 나는 일곱 살 되던 해 마을 앞 초등학교에 입학하였다. 처음 만난 아이들과 어울리는 것이 어색하였으나 시간이 흐를수록 친하게 지낼 수 있었다. 학교에 갈 때 남학생들은 거의가 책을 보자기에 싸 어깨에 둘러메었고, 여학생들은 허리에 묶고 다녔다. 복장은 남녀 모두 흰 무명 저고리에 검정 바지와 검정 치마를 입고 검정고무신을 신었다. 2학년 때 부모님께서는 자식들의 장래를 위하여 읍내로 이사를 하고 우리

형제를 전학시키셨다. 농사를 많이 지으시는 부모님은 고향 마을
에 그대로 사셨기에 우리 형제는 부모님과 떨어져 살게 되었다.
부모님에 대한 그리움이 쌓이고 함께 뛰어놀던 소꿉동무들도 보
고 싶어 견디기가 어려웠다.

　지금도 눈에 선한 고향 집. 그러나 다시는 볼 수 없게 되었다.
1974년에 국책 사업으로 농업용수 확보를 위한 댐 건설이 시작되
었는데, 이 공사로 마을의 집들과 문전옥답이 모두 물속에 가라앉
았기 때문이다. 육천여 명이나 되는 면 사람들은 너 나 할 것 없이
고향을 등지고 전국 각지로 뿔뿔이 떠나야만 했다. 하소연이나
항의 한 번 못해 보고 조상 대대로 물려받은 터전을 잃고 각자
살 길을 찾아가야만 하는 현실이 죄스러울 뿐이었다.

　그때 도회지로 이사 간다고 철없이 좋아하던 코흘리개 아이들
이 지금은 오십 대의 중년이 되어 각지에서 사회 활동을 하며 열
심히 하며 살고 있다. 그들은 고향이 없어진 것이 아쉬워 고향을
다시 찾자는 운동을 벌였다. 명절 때나 휴가철에 조상의 산소에
성묘하기 위하여 고향을 찾아와도 쉴 곳, 잠잘 곳이 없어 헤매다
가 시간에 쫓기어 되돌아가는 아쉬움을 달래기 위해 벌인 운동이
바로 '장성호 북상면 수몰문화관' 건립이었다. 전국 각지에 흩어
진 향우들이 한데 뭉쳐 십시일반 모금을 하고 군(郡) 당국의 보조
와 독지가들의 성금으로 '수몰문화관'이 준공되었다. 고향을 찾는

향우들이 안식처로 사용한 지 벌써 10년이 되었다.

　문화관 1층에는 수몰 전에 있었던 마을과 학교 및 관공서 등의 모형과 당시에 농사를 지었던 농기구, 살림 도구 등이 전시되어 있고, 2층에는 대회의장이 마련되어 있으며, 3층에는 현대식 숙박 시설이 갖추어져 있다. 4층 옥상에는 물속에 가라앉은 고향 마을을 바라볼 수 있는 전망대가 있다. 이제 고향에 가면 그곳에서 고향 마을을 생각하며 향수를 달래고 밤하늘의 별을 세어 보기도 한다. 분단의 아픔을 겪은 이북 실향민은 아니지만 고향을 잃어버려 애타는 마음은 그들과 똑같지 않을까.

　지금은 호수를 중심으로 관광 도로가 건설되어 백양사와 장성호를 잇는 관광단지가 조성되어 있고, 그 위쪽 산에는 조각 공원이 잘 만들어져 있다. 수몰문화관 앞에는 축구장도 마련되었고, 한편에는 이곳 출신인 우리나라 영화계의 거장 임권택 감독의 시네마테크관이 준공되어 임 감독의 작품을 수시로 감상할 수 있다.

　댐 건설로 생긴 장성호에서는 전국의 조정 경기 선수들이 연습을 하고 있다. 미사리 조정경기장보다 공기가 맑고 물이 깨끗하며 호수가 잔잔하여 조정 경기에 최적의 장소라고 한다. 전국 체전 때 조정 경기도 이곳에서 하고 있다. 이렇게 우리 고향이 예체능 및 관광지로 활성화되면 우리 실향민들은 더욱 고향을 찾을 기회가 많아지리라 생각된다.

어쩔 수 없이 고향을 떠나왔어도 어릴 적 눈에 익은 고향 마을 어귀와 뒷동산은 지금도 잊히지 않는다. 장성댐의 물속에 가라앉은 집과 뜰앞 냇가에 흐르던 맑은 냇물, 이제는 머릿속에서만 그려지는 고향 풍경들이다. 인자하셨던 부모님의 모습이 고향 풍경들과 함께 더욱 그리워지는 요즘이다.

(2008. 6.)

마법의 콩

안방 창가에 아침 햇살을 받으며 연보랏빛 조그만 꽃망울이 아름답게 피어났다. 진녹색의 잎사귀와 줄기가 힘차게 뻗어 가는 그것은 화초용 콩으로 화분이 아닌 캔 속에서 싹이 돋아나고 자랐다.

그 콩은 금년 봄에 코엑스 전시장에서 국제 식품 전시회가 열렸을 때 어느 식품 회사의 초청으로 입장할 때 받은 선물이다. 국제 식품전이라 우리나라 대다수 식품 회사들이 자사의 브랜드 상품을 내놓았고 외국인 바이어들을 상대로 상담을 벌였다. 이런 전시회를 통하여 이루어지는 수출 물량은 우리나라 식품 업계뿐만 아니라 전체 수출 업계에서 큰 비중을 차지한다고 한다.

전시장 전체를 둘러보고 이것저것 샘플을 보는 데 많은 시간이 걸렸다. 조금 지치기도 했지만 전시장에 켜 놓은 조명등 때문인지 실내가 더워 목이 타 오는 것을 느꼈다. 그때 문득 생각난 것이 입장할 때 선물로 받은 캔이었다. 음료수인 줄 알고 뚜껑을 따려고 보니 겉에는 '마법의 콩'이라고 쓰여 있었다. 무엇일까 궁금했지만 음료수는 아니기에 그대로 넣어 두었다.

집에 돌아와 설명서를 자세히 읽은 후 캔의 뚜껑을 따고 밑의 배수구 부분을 떼어 냈다. 어디에 둘까 고민하다 안방의 양지바른 창가에 놓았다. 매일 물을 주면 방 안에 청량감을 주는 훌륭한 화초가 된다고 씌어 있으니 키워 보기로 했다.

일주일 정도 지났을 때 연녹색의 콩 조각이 두 갈래로 갈라지면서 고개를 내밀었다. 그리고 점점 커지더니 위로 불쑥 솟아올랐다. 어느 날, 그 콩은 엄지손가락만 하게 부풀더니 그 가운데에서 줄기가 올라왔다. 그런데 어떻게 된 일인지 갈라진 콩 조각 양쪽에 글씨가 있었다. 깜짝 놀라지 않을 수 없었다. 내용 또한 깜찍하게 "아이 러브 유(I love you)"라고 영문으로 된 글자가 선명했다. 콩 주인인 나를 사랑한다는 뜻일까. 생각할수록 의아하기만 했다.

어떻게 콩 조각에 글씨가 있는 것일까. 너무나 신기하여 큰 소리로 아내를 부르며 이것을 보라고 외쳤다. 재빨리 뛰어온 아내도 글씨를 보자 이거야말로 마법이 담긴 콩이 아니냐고 놀라는 표정을 지었다.

자라는 과정을 유심히 관찰해 보니 콩 조각 가운데로 솟아오른 줄기에서는 많은 가지와 잎사귀가 뻗어 나갔다. 싹을 틔우며 벌어졌던 '아이 러브 유'라고 쓰인 콩 조각은 그대로 버팀목이 되고 있었다. 이 주일 정도 지났을 때 햇빛을 받은 잎사귀는 진녹색으로 짙어 가고 줄기는 꽃봉오리를 달고 씩씩하게 뻗어 갔다. 매일 물을 주며 관심을 가지고 돌보니 어느새 대여섯 개의 꽃망울이 터지면서 줄기는 더욱 튼튼해져 갔다. 어느 날 아침, 꽃망울은 엷은 보라색 꽃으로 피어나기 시작했다. 얼마나 예쁘고 아름다운지 혼자 보기가 아까울 정도였다.

여름이 되었다. 무더운 날씨에도 안방에는 콩 줄기의 진녹색 잎사귀들이 있어 시원함을 선사해 주었다. 간혹 아내와 다툼이 있을 때면 그 잎사귀들을 보며 화해를 하기도 했다.

어느 날 밖에 나갔다 집에 돌아와 보니 잎사귀들이 축 늘어져 있었다. 그것을 본 순간, 물 주는 것을 깜박 잊고 외출한 것이 생각났다. 조그만 식물이지만 미안한 마음이 들었다. '미안하다. 미처 너를 챙기지 못하였구나. 다시는 잊지 않고 너를 돌봐 줄게.' 하고 다짐했다. 그러면 콩 줄기는 '방 안에만 갇혀 있으니 답답해요. 이 더운 날씨에 목마르지 않게 물은 꼭 챙겨 주고 나가셔야지요. 생명의 물을 주지 않으면 나는 살아나갈 힘이 없어져요.' 하고 이야기하는 것 같았다. 나는 서둘러 물을 주며 "부지런히 자라서

튼실한 열매를 맺어라." 하고 입속말을 했다.

　시간이 흐르면서 콩 줄기는 더욱 튼튼히 자라 열매를 맺었다. 콩이 무려 일곱 개나 열렸다. 주렁주렁 매달린 콩이 아주 옹골졌다.

　어느새 수확의 계절인 가을이 되었다. 방 안에서 화려하게 여름을 장식하고 풍성하게 결실을 맺은 콩들을 거둘 때가 되었다. 콩들을 따 놓으며 씨앗으로 두기로 했다. 내년에는 더 잘 키워 보겠노라고 콩들에게 약속을 했다.

　콩 조각이 일 년 동안 키워 줄 당신을 사랑한다고 했듯이 나도 무더운 여름날을 시원하고 즐겁게 해준 그 콩을 사랑한다. "아이 러브 유(I love you)." 나의 사랑을 캔 속에 담은 마법의 콩이여!

(2008. 11.)

아버지의 연상(硯箱)

　오늘도 나는 서재에서 아버지께서 쓰시던 붓으로 우리 집 가훈인 '화목우애(和睦友愛)'를 쓴다. 그러나 아무리 잘 써 보려 하여도 당신의 글씨처럼 쓰려면 아직도 멀었다.

　60여 년을 붓으로만 글을 쓰셨던 아버지는 책상 옆에 아담한 함을 하나 놓아 두셨다. 붓과 벼루, 두루마리 한지와 연적(硯滴)을 넣어 두는 함인데 이를 '연상(硯箱)'이라고 한다. 이 연상은 아버지의 혼과 체취가 담긴 유물로 우리 집 가보가 되었다.

　아버지는 매년 정초와 한가위 때면 친지들과 마을 유지들과 학교 선생님에게 덕담을 쓴 서찰을 보내셨다. 연상 앞에서 정좌를 하고 두루마리 한지에 붓글씨를 쓰시던 모습이 지금도 어제인 듯 떠오른다.

초등학교에 다닐 때의 일이다. 아침에 일어나면 아버지는 여러 통의 서찰을 주시며 "건너 마을 아저씨 댁과 친척 집에 이 서신을 전하여라."라고 하셨다. 그러면 나는 그 서신들을 빠른 발걸음으로 모두 전하고 학교에 갔다. 지금 같았으면 전화 한 통화로 모든 것을 해결할 수 있었을 텐데….

1959년 8월 한여름에 공군에 자원입대하여 대전에서 신병 훈련을 받고 있을 때였다. 어느 날 중대본부에서 호출을 하여 달려갔더니 중대장님은 두루마리 편지를 보여 주며 아버지에 대해 이것저것을 물었다. 편지에는 몸이 약한 아들이 훈련 받기가 힘들 것이란 걱정과 함께 잘 보살펴 달라는 당부의 말씀이 담겨 있었다. 그러고는 입대할 때에 보지 못하고 떠나간 아들을 꼭 한 번 보고 싶다는 내용이 구구절절 씌어 있었다. 그 서찰이 중대장님의 마음을 감동시켰던지 3일간의 외박을 허락해 주며 아버지를 뵙고 오라고 했다.

평소에 엄하시기만 하셨던 아버지의 자식 사랑이 그토록 깊은 줄 처음으로 깨닫게 되니 뜨거운 눈물이 멈추질 않았다. 아버지가 보내신 한 통의 서찰이 군대의 엄격한 규정을 뛰어넘을 수 있는 힘을 발휘할 줄이야 누가 상상이나 해 보았겠는가.

신병 훈련과 모든 교육을 마치고 근무지로 배속되어 복무하던 1961년 11월, 아버지가 위급하시다는 급보를 받고 서둘러 집으로 갔다. 그러나 아버지는 이 아들의 얼굴도 보지 못한 채 끝내 운명을 하시고 말았다. 아버지가 그렇게 허망하게 돌아가시니 온 세상을 잃은 것만 같았다.

오늘 아버지가 쓰셨던 지필묵(紙筆墨)을 정리하다가 문득 그 옛날 붓을 들고 긴 두루마리 한지에 편지를 내려 쓰시던 당신의 모습이 떠올랐다. 형제가 많은데도 아버지의 귀중한 유품인 이 연상을 내가 간직하게 된 것이 감사할 뿐이다.

부모님이 혼인하실 때 할아버지께서 마련해 주신 이 연상은 햇수로 백여 년이 넘었지만 아직도 새것처럼 깨끗하다. 내가 제대를 한 후 취직이 되어 서울로 이사 올 때 형님들이 상의하여 "아버지의 유품이니 막내인 네가 잘 보관해라." 하고 특별히 내게 주신 것이다. 우리 집 가보 중의 가보인 이 연상을 항상 책상 옆에 두고 아버지가 생각날 때마다 벼루에 먹을 갈아 붓글씨를 써 본다. 그러나 마음과 같이 잘 써지질 않는다.

새해를 맞아 아버지가 물려주신 연상을 닦는다. 그 당시 쓰셨던 연녹색의 두루마리 편지용 한지와 붓과 벼루, 그리고 연적 등을 내 후세에게도 물려주어 오래오래 잘 보전되었으면 하는 바람이다.

오늘따라 50여 년 전 군에 가 있던 이 아들이 보고 싶어 장문의 두루마리 서찰을 써서 보내셨던 아버지가 더욱더 그립다. 반짝이

는 '연상'의 뚜껑 위에 근엄하면서도 속정 깊으셨던 아버지의 모습
이 잠깐 어리었다가 사라진다.

(2009. 1.)

신기료장수 할아버지

우리 동네 시장 입구에는 구두 수선을 하는 신기료장수 할아버지가 계셨다. 그분은 비가 오나 눈이 오나 하루도 빠짐없이 가게 문을 열어 놓고 동네 주민들을 맞이하셨다.

헌 구두는 물론이고 열쇠, 가방, 우산, 양산 등등 할아버지 손에만 가면 못 고치는 것 없이 새것처럼 바뀌어 나왔다. 정성을 다하여 수선을 하시기에 동네 주민은 물론, 이웃 동네 사람들까지도 그곳을 찾아왔다.

어느 날, 구두를 신고 외출을 하는데 구두 속에서 덜거덕거리는 소리가 나서 수선을 해 달라고 하였더니 오랜만에 왔다며 반겨 주셨다. 벗어 놓은 신발을 요리조리 살펴보더니 뒷굽이 한쪽으로만 닳아서 구멍 난 곳으로 조그만 돌이 들어가 덜걱거린다며 굽 전체를 새것으로 갈아야 한다고 하셨다.

　수선을 하는 동안 할아버지와 여러 이야기를 나누게 되었다. 자연히 가정 이야기가 화제가 되어 슬하에 외동딸을 키운 이야기를 하셨다. 딸에게 유치원 때부터 매일같이 한자(漢字)를 한 자씩 가르쳤더니 곧잘 따라 배우기에 중·고등학교 졸업할 때까지 계속 가르쳤다고 했다. 그 영향으로 대학에서 국문학을 전공하게 되었고 지금은 시내 중학교 교사로 재직 중인데 결혼하여 남매를 낳아 잘살고 있다고 하였다. 훌륭한 따님과 중학교 교장인 사위까지 두었으니 이제는 편히 쉬면서 여행도 다니시라고 권했더니 활동할 수 있을 때까지는 이 일을 계속하겠다고 하셨다.

　할아버지는 좋아하는 글귀가 있다면서 가게 벽에 붓글씨로 커다랗게 써서 붙여 놓고 항상 실천하기 위하여 노력하고 있다는 ‘百聞不如一見’이라는 글귀를 가리켰다. 이 글은 ≪한서(漢書)≫의 〈조충국전(趙充國傳)〉에 나오는 ‘백 번 듣는 것이 한 번 보는 것만 못하다.’는 말로 무엇이든지 실제로 경험해야 확실히 안다는 뜻이다. 우리가 많이 보고 들어 알고 있는 글귀인데 제대로 실천하지 못하는 사람들에게 경종을 울리는 글귀임에 틀림이 없었다.

　그런데 할아버지는 그 글귀에 한 글자를 바꾸어 ‘백 번 보는 것이 한 번 깨닫는 것만 못하다.’는 뜻의 ‘百見不如一覺’으로 써 놓고, 또 한편 ‘백 번 깨닫는 것이 한 번 실천하는 것만 못하다.’는 뜻의 '百覺不如一行'이라는 두 줄의 글을 더 만들어 벽에 크게 붙여 놓았다. 조그마한 것이라도 실천하며 사는 것을 생활신조로 여기며 살고 있다고 하였다.

할아버지는 버려진 우산과 양산을 새것처럼 말끔히 수선하여 큰 통 속에 가득 담아 가게 앞에 내놓았다. 날씨가 흐린 날 우산을 미처 챙기지 못하고 나온 사람들에게 빌려 주기 위해서였다. 사용한 후에는 다른 사람을 위하여 돌려주기를 기다려 보지만 반환하는 사람은 몇 안 된다고 하였다. 언제나 나보다는 다른 사람을 위해 배려할 줄 아는 사람이 되어야 하는데 어디 세상인심이 내 마음과 같은가 하며 쯧쯧 혀를 차며 웃으셨다. 작은 것이라도 소중히 여기며 실천하시는 그 모습이 아름다워 보였다.

나는 이 지역에 있는 복지관 개관 기념일을 맞이하여 회보에 게재할 원고 요청을 받았기에 신기료장수 할아버지에 대한 글을 써 냈다. 그해 12월 중순경 회보가 발행되었다. 할아버지에게 배운 벽에 붙은 교훈이 이렇게 책으로 나왔다고 전해 드리고자 수선가게를 찾았다. 그런데 가게 문이 닫혀 있었다. 다음 날 다시 찾아 갔으나 역시 닫힌 채 그대로였다.

365일 하루도 빠짐없이 나오시는 분인데…. 어찌된 영문일까 궁금하여 옆의 식당 주인에게 물어보았다. 그는 할아버지의 소식을 못 들었느냐며 되묻는 것이었다. "무슨 일이 있었나요?" 하고 물으니 지난 크리스마스이브 날 오후에 구두 수선 재료를 구입하기 위하여 자전거를 타고 시내로 가던 중 대형 화물 트럭에 부딪혀 그만 그 자리에서 운명하셨다는 것이었다.

연세가 많은데도 언제나 자전거로 출퇴근을 하고 재료도 구입하러 다녔는데 그렇게 비운의 사고를 당하셨다니 너무나도 가슴이 아팠다. 항상 자기 일에 자부심을 가지고 보람을 느끼면서 노년의 인생을 멋지게 사시던 분이었다. 이제는 영영 만날 수 없는 세상으로 가셨다니 믿어지지가 않아 인생의 무상함을 새삼 느꼈다.

직업에 만족해하고 맡은 일에 최선을 다하며 찾아온 손님에게 항상 자상하고 친절히 대해 주던 신기료장수 할아버지는 훌륭한 인품을 가진 분이었다. 주인을 잃은 가게가 텅 비어 있어 더욱 쓸쓸해 보였다. 할아버지의 이야기가 담긴 책자를 들고 생전에 전해 드리고자 하였으나 전하지 못한 아쉬움이 마음 한구석에 아직도 남아 있다. 항상 웃으며 인자하시던 할아버지의 모습이 어른거린다. 할아버지의 영원한 안식과 명복을 빈다.

(2009. 2.)

황금빛 들판의 지평선

구름 한 점 없는 가을하늘 아래 넓디넓은 평야를 남북으로 가로질러 열차가 달려간다. 차창 밖으로 사방을 둘러보아도 끝이 보이지 않는 들판, 평야와 하늘이 마주 보며 끝없이 펼쳐진 광활한 지평선, 이곳이 바로 금만경(金萬頃) 김제평야이다. 산과 구릉이 많은 우리나라 지리 여건에서 드넓은 지평선을 볼 수 있는 곳은 최고의 곡창지대가 있는 김제 땅이다. 가을의 벌판은 마치 황금바다를 보는 느낌이다.

나는 1953년에 고등학교에 입학해 정읍에서 이리(지금의 익산)까지 기차 통학을 하며 3년을 마치고 졸업하였다. 통근 열차를 타기 위해 황급히 뛰어가 탄 열차는 흰 수증기를 뿜어내고 기적을 울리며 달렸다. 기차가 김제역에 도착하면 많은 통학생들이 열차

안으로 들어왔다. 내 옆 자리에 예쁜 여학생이 앉으면 그날은 행운의 날이었다. 그 여학생과 창 너머 지평선을 바라보며 학교 이야기 등을 나누다 보면 어느새 목적지인 이리역에 도착하여 아쉽게 헤어져야 했다.

기차 통학을 하면서 사계절 변화하는 김제평야를 보았다. 농부들은 이른 봄부터 농사 준비를 하고, 우수 경칩이 지나면 못자리를 만드는 등 바빠지기 시작한다. 농부들은 소를 부려 논을 갈아엎고, 써레질을 한 논에 볍씨를 뿌려서 묘판을 만들었다. 잠시 쉬는 동안 농부들은 이마의 구슬땀을 닦아 내고 막걸리를 한 사발씩 마셨다. 그러는 사이 소는 커다란 눈을 껌벅거리고 코를 실룩거리면서 힘에 겨운 듯 하얀 침을 질질 흘렸다.

망종(芒種)이 되면 모내기를 하고 벼 포기가 자라도록 논에 들어가 잡초를 뽑았다. 그때 논바닥의 흙을 주물러 주어야 벼 포기가 튼튼해지면서 벼이삭도 많이 맺히게 된다. 김매기를 할 때는 내리쬐는 햇볕에 논바닥의 물까지 뜨거워져 숨이 턱턱 막혔다. 그러나 농부들은 농사일을 천직으로 알고 소와 함께 참고 이겨 냈다.

학교에서는 매년 여름철 모내기와 가을철 벼 베기에 학생들을 참여시켰다. 모내기를 할 때 발목이 가려워 만져 보면 어김없이 거머리가 달라붙어 피를 빨고 있었다. '찰거머리'라는 말이 거머리의 그런 특징에서 생겨난 듯했다.

가을철이 되면 망망한 들녘은 황금빛 물결로 출렁였다. 김제시에서는 매년 10월 1일부터 5일까지 '지평선 축제'가 열렸고, 전국의 많은 관광객이 몰려와 사방이 훤히 뚫린 지평선의 황금 들녘을 보고 감탄을 했다. 누렇게 익은 황금빛 평원에 들어서면 잘 익은 벼이삭을 스치는 산들바람이 사각사각 귀를 간질이었다.

평야에서는 해가 지평선에서 솟아오르고 지평선 너머로 저물어 갔다. 지평선 끝자락에 물드는 낙조 풍경은 더할 수 없이 아름다운 장관(壯觀)을 이루었다.

추수가 끝난 후 겨울철이 되면 황새, 백로, 왜가리, 조롱이 등 많은 철새들이 논으로 날아와 바닥에 떨어진 이삭과 물고기 등을 잡아먹었다. 새들이 한가로이 거닐며 배를 채우고, 군무를 추며 옮겨 다니는 모습은 아름다웠다.

김제평야에는 서기 330년에 축조되었다는 우리나라에서 가장 오래된 인공 저수지인 '벽골제'가 있었다. 지금은 그 옛날의 수문의 자취인 거대한 돌기둥만 한 쌍씩 남아 있다. 그 옛날에 저수지를 만들어 이 광활한 땅에 농사를 지을 수 있었다는 것이 놀랍기만 했다. 지금은 만경강과 동진강의 물을 이용하여 논에 물을 대는 관개 시설이 잘되어 있어, 가물 때나 장마 때에도 물 조절을 하여 농사를 잘 지을 수가 있다.

호남의 곡창지대인 김제평야는 우리나라 제일의 쌀 생산지이며, 남쪽으로 더 내려가면 두 번째로 많은 쌀을 생산하는 나주평야가 있다. 그곳 역시 드넓은 황금 들녘으로 내 고향에 있는 장성댐의 물을 이용하여 농사를 짓는다.

1970년대만 해도 농부의 손과 소의 힘으로 농사를 지었다. 그때는 논에 모를 심는 데 많은 인원이 동원되었다. 두 사람이 논 양쪽 끝에서 못줄을 잡고서 신호를 하면 "애해라 상사뒤야!" 하고 노래를 부르며 즐겁게 모내기를 했다. 이제는 농기구의 기계화로 과학적인 농사를 짓고 있어 더는 그런 풍경을 볼 수가 없다.

추수가 다 끝난 논 가운데에는 공장 같은 건물이 있는데 높다란 탱크 탑이 눈에 띈다. 그것은 도정공장이다. 콤바인으로 수확한 벼를 적정 온도로 저장하였다가 필요한 만큼씩만 도정한 쌀을 시중에 판매한다. 그러한 일은 지역 농업협동조합이 맡아서 운영하고 있다.

이렇게 넓디넓은 김제평야도 옛날에는 모두 농부들의 손으로 모내기를 하고 김을 매어 황금들판의 지평선을 이루게 된 것이었다. 영농의 과학화로 농사짓기는 쉬워졌으나 그 옛날 해 질 녘에 농부들이 소를 몰고 콧노래를 흥얼거리며 집으로 돌아오는 낭만은 없어졌다.

이렇게 열차를 타고 고향에 내려갈 때 김제평야를 지나가게 되면 지난날 농부들과 소가 힘들게 일하던 모습이 떠오른다. 고교 시절 기차 통학을 하면서 바라보았던 끝이 보이지 않는 황금들판의 지평선. 그 벌판을 가로지르는 열차의 희미한 전등불 밑에서 책을 읽고 시험공부를 했던 그때가 새삼 그리워진다.

(2009. 4.)

태양광 청정에너지

　어느 날 한전 검침원이 찾아와 계량기를 보고 가면서 2층의 계량기가 고장이니 회사에 신고를 하라고 했다. 어떻게 탈이 났느냐고 물었더니 계량기가 거꾸로 돌고 있다고 했다. 집에 태양광 발전기를 설치하고 첫 검침을 한 것인데 검침원은 그것을 모르고 고장으로 본 것이었다. 나는 웃음을 참으며 그것은 우리 집 태양광 발전기가 생산한 전기를 거꾸로 한전으로 보내고 있기 때문이라고 일러 주었다.

　우연히 우편함에 꽂힌 한 통의 광고 안내지를 보았다. "태양광 에너지 선착순 300 가구 지원 받습니다"라는 2008년도 서울시 민간 태양광 주택 보급 사업 지원 안내를 광고한 전단지이기에 호기심을 가지고 자세히 살펴보았다. 그리고 즉시 그 회사에 연락하였더니 다음 날 담당 과장이 집으로 찾아왔다.

정부에서는 지구 온난화 등 환경의 변화를 감안하여 청정에너지를 사용하도록 2008년에 전국적으로 태양광 주택 10만호 보급 사업을 지원하고 있는데, 그중 서울시에 300 가구를 선착순으로 선정하여 가구당 설치 금액의 10%를 정부 보조금 외에 별도 지원하고 있으니 설치를 하라는 것이었다.

태양광발전 주택이란 미래 친환경 에너지 보급의 확산을 위해 정부가 추진하는 무한 청정에너지인 태양 빛을 이용하여 3KW 기준의 전기를 직접 생산, 이용하는 주택으로 이 사업에 참여하면 주택의 가치 상승과 지구 온난화 등 환경에 커다란 기여를 하게 되며, 가정 경제의 이익은 물론 국가 경제에 크게 이바지할 수 있는 이점이 있다고 장황하게 설명했다.

이번 정부의 지원 사업은 총공사비의 60%를 정부에서 지원해 주고 공사가 완료되면 에너지관리공단에서 준공 검사를 받은 후 그 필증을 서울시 에너지정책 담당관 앞으로 보내면 10%의 서울시 지원금을 받는다. 그러므로 설치자인 본인은 30%만 부담하게 된다는 것이다. 이야기를 듣고 보니 설득력 있는 사업으로 생각되어 바로 계약을 하고 서둘러 옥상에 태양광을 잘 받을 수 있는 곳을 선정해 태양광 집열판을 15도 각도로 비스듬히 설치하는 공사를 완료하였다.

태양광발전은 태양광 집열판을 설치한 옥상 벽에 소형 발전 전원판과 계량기를 부착하고 한전 계량기와 연결하여 낮에 태양광에서 발전된 에너지를 한전으로 송전한다. 그러므로 계량기가 반대로 돌아가는 것이다. 또한 집에서 사용한 전력량과 발전된 전력량을 서로 상계하고 남은 전력량에 따라 전기 요금이 부과된다. 태양광을 설치한 후의 전기 요금은 월평균 일만 원 내외로 설치 전의 요금 육칠만 원보다 월등히 적게 부과되므로 설치 전 2개월분의 전기 요금이면 지금의 일 년 분을 충분히 납부할 수가 있다. 그렇게 절약된 전기 요금으로 5, 6년이면 30%의 본인 부담 원금을 충분히 보충할 수 있다는 계산이 나온다. 그동안 전기 요금이 부담되어 추운 겨울에도 전기장판이나 전열 기구 등을 마음 놓고 사용하지 못했는데 이제는 얼마든지 사용해도 전기 요금에 별 차이가 나지 않는다.

우리나라는 아직도 화력 발전소가 많이 있다. 여기에 들어가는 연료가 주로 무연탄과 경유이다. 모두가 수입에 의존하는 것으로 굴뚝을 통한 매연과 중금속 등이 많이 배출되어 공기를 오염시키고 국민 건강에 많은 해를 끼친다. 그러나 태양광은 무공해 청정에너지이다. 낮에 구름이 끼고 비가 내려도 태양광발전은 가동된다. 그러나 태양이 지고 저녁이 되면 바로 발전은 멈춘다. 그러므로 야간에는 발전이 안 되는 것이다. 우리나라에도 전국적으로 태양광발전 시설을 설치한 곳이 많이 있다. 서울은 주로 구기동, 부암동, 평창동 등 단독 주택이 많은 곳에 집중적으로 보급되어 있다.

태양 에너지에는 두 종류가 있다. 태양광 집열판을 이용하여 전기로만 사용하는 태양광이 있고, 태양광 집열판 위의 물탱크에 '태양열(Solar heating)'이라고 쓰여진 것은 난방과 온수만을 사용할 수 있는 태양열이다.

지난 1년 동안 태양광의 무공해 청정에너지를 사용해 왔다. 남보다 일찍 설치하여 적은 전기 요금으로 문명의 혜택을 받을 수 있다는 것이 신기할 뿐더러 빨리 설치하기를 잘했다는 생각이 들었다.

옥상에 올라가면 태양광 집열판 밑의 그늘 막에 평상이 놓여 있어서 그곳에 앉아 있으면 형형색색으로 핀 꽃들의 향내를 맡을 수 있다. 그리고 돌아보면 코앞에 닿을 듯한 인수봉, 백운대, 만경대 세 봉우리의 삼각산(북한산)을 바라보고 있노라면 솔솔 부는 시원한 바람에 신선이 되어 앉아 있는 기분이 된다.

지구의 온난화로 환경이 점점 악화되어 무공해 청정에너지 사용을 국가 시책으로 하고 있는 이때, 환경과 나라를 생각하는 신·재생 에너지 보급 사업에 적극 동참하게 되어 마음 뿌듯하다. 주위의 많은 단독 주택 세대에도 이런 문명의 혜택을 받도록 권장하고 싶다.

앞으로 2012년 경에는 신축되는 모든 아파트에 태양광 설치를 의무화한다고 한다. 이런 날이 속히 오기를 기다리며, 다른 사람들보다 한 발 앞서 태양광 청정에너지를 사용하게 됨으로써 국가 사업에 뛰어든 나 자신이 애국자가 된 느낌이다.

(2009. 6.)

내 고향이 좋아

    매년 한 번씩 실시하는 고향 면민 만남의 날이 지난 5월 초에 있었다. 댐 건설로 수몰 지역이 된 우리 면은 행정구역마저 사라진 채 주민 전체가 각지로 흩어져 살아온 지 36년! 금년에도 전국 각지에서 찾아오는 고향 사람들의 얼굴을 보기 위해 마음이 설레었다.

    나는 행사 전날 약속이 있어 장성읍으로 먼저 내려와 일을 마쳤다. 오후에 서울에서 내려오는 버스를 기다리는 동안 초등학교 2학년 때 읍내 학교로 전학 와서 살았던 우리 집을 가 보기로 했다. 역전 부근에 있던 집으로 옛길을 더듬어 찾아 나섰다.

    집들이 많이 바뀌어 어리둥절하였으나 그래도 오래된 기억을 되살려 보니 눈에 띄는 집이 있었다. 가까이 다가가서 확인해 보았다. 틀림없이 내가 살았던 우리 집이었다. 헐리지 않고 옛날 집 그대로여서 반갑고 기뻤다.

60여 년 전 초등학교 4학년 초까지 형들과 함께 뛰놀며 자랐던 소년 시절의 보금자리였다. 이렇게 어릴 때 살던 집을 보니 2학년 때 친구와 함께 장성역에서 몰래 기차를 타고 다음 역인 신흥역까지 갔다가 돌아왔는데 아버지께 발각되어 종아리를 맞으며 다시는 몰래 기차를 타지 않겠다고 빌며 엉엉 울었던 생각이 났다.

군청 앞으로 나오는데 비가 쏟아지기 시작하였다. 비를 피하기 위하여 찻집을 찾았으나 한 군데도 없었다. 어쩔 수 없이 버스 정류장에서 잠시 비를 피하고 있자니 올데갈데없는 실향민인 나의 처지가 처량하기 그지없었다. 동행한 아내가 건너편 2층의 웨딩홀을 가리키며 가자고 하여 따라 올라갔다. 마침 웨딩홀 여사장님이 반갑게 맞이하며 어떻게 오셨느냐고 물었다. 우리는 장성댐이 고향인 북상면 수몰 지역 실향민으로 내일 행사 때문에 서울에서 오전에 내려와 일을 마치고 오후에 내려오는 버스를 기다리는 동안 비를 만나 이곳에 올라왔다고 하니, "여기서 버스가 도착할 때까지 편안히 쉬세요." 하며 따끈한 차까지 대접하는 것이었다. 따스한 고향 인심에 마음이 푸근해졌다. 처음 본 사람이지만 말 한마디에 마음이 서로 통하는 느낌이 들었다.

한 시간 이상 쉬면서 기다리자 버스가 도착했다. 우리는 버스를 타고 고향인 장성댐 '수몰문화관'으로 갔다.

우리 부부는 다음 날 아침, 행사 시작 전에 선산에 성묘를 하기 위해 택시를 타고 묘소에 도착하였다. 성묘하는 동안 택시를 대기시켜 놓고 부모님 산소에 술잔을 올리고 큰절을 한 후 늦게 찾아뵙게 된 불효를 빌었다. 묘소 주위를 둘러보고 잡초를 뽑은 다음 성묘를 마치고 그 택시를 타고 다시 행사장으로 돌아왔다. 택시미터기에 이만오천 원이 찍혀 기사에게 요금을 건네었더니 일만오천 원을 돌려주는 것이었다. 이유를 물으니 "모처럼 고향 축제에 오신 어르신들을 저희가 편히 잘 모셔야 하는데 어떻게 요금을 다 받겠어요?" 하며 한사코 일만 원만 받고 쏜살같이 빠져나갔다. 안면이 없는 젊은 기사의 친절한 호의에 나는 감격의 눈물이 핑 돌았다. 농촌에서는 단돈 천 원 벌이도 어려운데 고향 어른을 대접한다고 택시 요금까지 깎아 주는 그 마음씨, 바로 이것이 '내 고향의 정이로구나' 하는 생각에 가슴이 뭉클해졌다.

행사장 무대 위에서는 '면민 만남의 날' 행사가 시작되었다. 군수님을 비롯하여 여러 기관장님들이 참석하였고, 전국 방방곡곡에 흩어졌던 육백여 명의 수몰 지역 실향민들이 모였다. 모두가 반가워 서로 얼싸안고 껴안은 채 떨어질 줄 모르는 정겨운 만남이었다.

내 옆자리에 앉아 계신 분은 검게 탄 얼굴에 이마에 굵은 주름이 깊게 잡혀 있는 할아버지였다. 서로 나이를 물으며 인사를 나누고 보니 나와 동갑으로 이웃 동네 오월리에 살고 있다고 하였다. 그분은 동갑내기를 만나서 더욱 반갑다며 내 손을 덥석 잡고 한동안 놓을 줄 몰랐다. 그리고는 "나는 농촌에서 일평생 농사만 짓고 살았기에 이렇게 늙었지만 부디 건강하게 지내시고 내년 모임에도 밝은 모습으로 꼭 만납시다." 하며 기약을 하였다. 고향의 순수한 정과 사랑을 느끼게 하는 이런 분들이 있기에 우리는 안심하고 우리의 농산물을 먹을 수 있는 것이다. 스피커에서는 흥겨운 노래가 흘러나오고 여기에 맞추어 우리 실향민들은 지난날의 아픔을 잊어버리고 춤을 추며 옛정을 되새겼다.

향우회에서는 면민들의 뜻을 모아 수몰되어 없어진 우리 북상면을 다시 복원시키기 위하여 운동을 펼치고 있다. 군청에서는 작년에 조례를 만들어 '명예 북상면'을 만들어 명예 면장을 임명하고 수몰문화관에 '북상면민사무소'를 개설하였다. 상주인구가 이천 명 이상이면 면이 복원될 가능성이 있다며 서울에 있는 향우님들 모두 귀향하여 농사도 짓고 고향에서 아들딸, 손자 많이 낳아 인구 늘리기에 힘을 써 달라고 군수님은 얘기했다. 우리 실향민 모두가 한마음이 되어 무대가 떠나갈 듯 박수를 보냈다.

눈빛만 마주쳐도 환한 웃음으로 대하는 고향 사람들, 그 따뜻하고 순박한 모습이 고향을 찾는 마음을 어루만져 준다. 비록 수몰은 되었어도 내가 태어나서 자랐던 고향이 항상 그립고 좋아서 언제나 나는 "내 고향이 좋아!" 하고 외친다. 내년 5월에 실시하는 면민 만남의 날을 또 기대한다.

(2009. 8.)

화초를 가꾸며

아침 일찍 먼동이 틀 무렵이면 누구보다 먼저 옥상으로 올라간
다. 상쾌한 아침 공기를 마시며 화초를 둘러보기 위해서이다.

캄캄한 밤을 지새고 피어난 꽃들이 그윽한 향기를 뿜어내며 나
를 반갑게 맞이한다. 밤에는 버림받았다고 원망하지나 않았을까.
아마도 화초들은 밤하늘의 별들과 이야기하며 외로움을 달랬겠
지.

꽃잎과 잎사귀에는 이슬로 맺힌 물방울들이 영롱한 아침 햇살
에 반짝거리며 빛난다. 이렇게 나는 꽃과 마주하며 인사를 나누는
것으로 하루 일과를 시작한다.

꽃밭을 만들려면 이른 봄부터 묘판의 흙을 고르고 화창한 날에
씨앗을 뿌린다. 몇 주 정도 지나면 연녹색의 예쁜 새싹들이 올라

온다. 이때 뿌리가 튼튼해지도록 고운 흙을 덮어 주고 잘 자라도록 물을 주어 어느 정도 자라나면 화분으로 옮겨 심는다. 이렇게 만든 화분이 어느새 삼백여 개로 늘어나 제법 큰 화원이 만들어졌다.

우리 집 꽃밭에는 어릴 때 내가 시골에서 자라면서 보아 왔던 봉선화, 채송화, 나팔꽃, 분꽃, 맨드라미꽃 들이 탐스럽고, 꽃이 크고 예쁜 달리아, 황금색의 금잔화와 낯익은 야생화들로 가득하다. 특히 내가 좋아하는 보라색의 붓꽃은 싱그러운 초록의 꽃대 사이로 우아한 자태를 드러내며 활짝 피지도 수줍게 오므리지도 못한 채 서 있는 모습이 애잔해 보인다.

꽃들은 딱딱한 콘크리트 바닥에서 살아가는 데 여간 어려움이 많지 않다. 특히 한여름에는 온종일 내리쬐는 태양열과 섭씨 40도를 오르내리는 지열로 잎사귀들이 축 늘어져 있어 보기에 안타깝다. 그래도 아침저녁으로 물을 주면 늘어진 잎사귀들이 다시 생기를 찾는 것을 볼 때, 자연의 조화가 신비스럽게만 느껴진다.

꽃의 그런 고통을 덜어 줄 수 없을까 하여 화분을 들어 올려 밑을 살펴보았다. 화초는 메마른 바닥에서 한 방울의 물이라도 흡수하려고 화분의 배수 구멍으로 하얀 뿌리를 드러내고 있었다. 뿌리들은 약속이나 한 것처럼 서로 엉키어 하나의 공동체를 이루고 있었다. 바닥에는 수초 망에 이끼가 깔려 있어 뿌리와 공생 관계를 맺고 있는 화초들의 생존 방법에 놀라지 않을 수 없었다. 화초도 이렇듯 스스로 고난을 이겨 내며 생명을 지탱하고 있는데, 세상살이가 어렵고 힘들다고 자신의 꿈과 희망을 이루어 보지도 못하고 쉽게 생을 포기하거나 남에게 의존하고 사는 우리들을 보면서, 새삼 화초에게서 인생을 배워야겠다고 생각했다.

이상호 시인의 〈사는 법〉이란 시가 있다.

우리 집 옥상의 풀꽃들은 절망하는 법이 없다/ 뿌리를 내리지 못하여 맨살이 드러나지만/ 자신이 앉는 자리를 탓하지 않는다/ (중략)/ 어둠이 내리면 이슬에 목을 축이고/ 반짝이는 별을 보며 푸른 눈을 부릅뜰 뿐.

마치 우리 집의 화초들을 보고 읊은 듯하여 더욱 감명 깊게 느껴졌다.

봄, 여름, 가을, 겨울 중 겨울을 빼고는 나뭇잎들이 항상 푸르고 꽃들도 아름답게 피어 있어 잠자리가 날아와 살며시 앉기도 하고 이름 모를 작은 새들도 찾아와 지저귀다 날아간다.

여름방학 때는 손주 녀석들이 찾아와 여러 가지 예쁜 꽃을 보며 화단 주위를 맴돌며 꽃말을 묻기도 하고, 각각 피어난 꽃송이들의 아름다움에 빠져들기도 한다. 또한 조심스럽게 따 온 봉숭아 꽃잎으로 열 손가락에 빨간 물을 들이며 즐거워하는 모습을 보면 꽃을 가꾼 보람에 기쁨을 감출 수 없다.

탐스럽게 핀 꽃들 속에 벌, 나비들이 들락거리며 꽃술의 꽃가루를 묻혀 다른 꽃 속으로 들어가 뒤섞어 놓으면 꽃이 진 후 열매를 맺게 된다. 그 열매는 자신의 자리를 양보하고 충실히 피었다 져 버린 꽃을 기억할 수 있을는지….

나는 화단을 바라보며 꽃 하나하나의 친구가 되어 그들에게 재미있는 이야기도 들려주고 누구에게도 말 못할 은밀한 마음도 털어놓는다. 그러고 있으면 어느새 속상한 내 마음이 이내 풀어진다. 기쁠 때나 외로울 때 화초들과 나는 그렇게 친구가 된다.

오늘도 화초에 물을 주며 우뚝 솟은 삼각산을 힐끗 바라다보니 바로 손에 잡힐 듯 말 듯 백운대 암벽이 마주 서 있다. 거대한 자연에 비하면 보잘것없는 화초들이지만, 조그마한 내 우주를 가꾸며 살아가면서 나는 행복에 젖는다.

(2010. 1.)

白洋寺의 쌍계루 편액으로 걸렸던 아버지의 한시

아버지께서 남겨 주신 연상(硯箱)

수몰되기 전 우리 집에서 어머니와

사랑의 대바자회

아름다운 약속

금년 설날은 여느 때와는 좀 달랐다. 매년 고향의 큰댁으로 내려가 조상님께 차례를 지내 왔지만 올해는 집에서 내 가족들만 모여 설을 맞았기 때문이다.

아침 일찍 큰딸 내외가 먼저 대문을 두드렸다. 뒤이어 둘째 딸과 막내아들이 와 삼 남매가 모두 한자리에 모였다. 아내와 나는 세배를 받으며 금년에는 운수 대통하여 소망하는 것들을 모두 이루는 한 해가 되라는 덕담을 해주었다.

모처럼 가족이 모여 앉아 지난 일들을 떠올리며 이야기꽃을 피웠다. 말할 기회를 엿보던 큰딸이 "아버지, 저는 옛날 초등학교 때 선생님과 한 약속이 있었는데, 엊그제 그 약속을 지켰습니다." 하고 무슨 큰일이라도 해낸 듯한 표정이다. 모두들 무슨 일일까 하고 눈이 휘둥그레지며 귀를 기울였다.

딸이 초등학교를 졸업하던 날, 선생님으로부터 당부 말씀을 듣고 있을 때 갑자기 한 친구가 "선생님!" 하고 큰 소리로 부르더니 "지금 우리가 헤어지면 언제 또 만날 수 있을까요?" 하면서 "삼십 년 후 오늘 날짜 12시에 서울역 시계탑 앞에서 만나기로 해요." 하고 아주 어른스러운 제의를 했다고 한다. 학생들은 박수를 보내며 환호하였고 선생님도 크게 반기며 "그럼, 우리 그때 다시 만나기로 하자." 하고 큰소리로 날짜를 복창까지 하셨다. 모르긴 해도, 아이들은 저마다 이 막막해 보이기만 한 약속이 과연 지켜질 수 있을지 반신반의했을 것이다. 하지만 선생님은 그런 걱정에는 아랑곳하지 않고 그 제의를 기쁘게 받아들였다고 한다.

딸아이는 그동안 대학을 졸업한 후 직장을 다니다가 결혼을 했다. 이제는 자식을 거느린 의젓한 엄마가 되었고 그 아이가 자라서 벌써 초등학교를 졸업하였다. 그러고 나서 금년 2월 졸업 시즌에 꽃다발을 들고 다니는 학생들이 눈에 띄자 불현듯 어렸을 때 한 그 약속이 떠올랐다고 한다. 혹시 금년이 그 해가 아닐까 하고 수첩을 뒤적여 보았더니 약속했던 날짜인 2월 12일이 바로 내일이 아닌가.

머릿속에는 옛날 졸업하던 날의 광경이 눈에 선했다. 그래서 마음이 먼저 내일을 향하여 달려가고 있었다. 몇 명이나 나올까,

내 짝은 잘 있을까, 친구들의 얼굴은 어떻게 변했을까, 선생님은 나를 알아보기나 하실까, 모두들 나처럼 가슴이 설레고 있을까. 온갖 상상과 여러 가지 상념에 잠을 이룰 수가 없었다고 한다.

다음 날, 딸이 발걸음을 천천히 내디디며 서울역 광장 시계탑 앞에 이르렀다. 긴 외투 차림에 흰 머리칼을 날리며 서 있는 분이 보였다. 먼발치에서도 선생님임을 금방 알아볼 수 있었다. 다가가 "선생님!" 하고 큰 소리로 불렀다. 말은 또렷하였으나 목소리는 떨렸을 것이다. 선생님은 뒤돌아보시며 옛 제자를 알아보신 듯 기뻐 어쩔 줄 모르셨다. 두 사람은 서로 부둥켜안은 채 한참 동안 말이 없었다고 했다.

뒤이어 동창들이 하나 둘 나타나더니 어느새 선생님 곁을 에워 쌌다. 삼십여 명은 되는가 싶었다. 예상을 뛰어넘은 숫자였다. 어느새 사십 대의 장년으로 훌쩍 성장한 제자들은 선생님을 이렇게 뵙게 되어 꿈만 같다며 눈물을 글썽거리기까지 했다.

선생님은 몇 년 전에 정년퇴직을 한 후 자원봉사를 하며 약속의 그 날을 손꼽아 기다려 왔다고 속마음을 털어놓으셨다. 과연 삼십 년 전의 약속을 학생들이 기억하고 있을까 하는 걱정도 있었지만, 그래도 꼭 지켜질 것이라 믿었다고 하셨다.

선생님의 머리는 백발이 되었고 이마에는 주름살이 많이 생겼으나 인자하신 옛 모습은 그대로였다. 그런 선생님이 제자들의 이름을 기억해 내어 하나하나 불러 주시는 데 깜짝 놀랐다고 했다. 그러고는 "너희들이야말로 나의 훌륭한 제자들이다." 하며 흡족한 마음을 감추지 못하셨다고 한다.

그 감동적인 이야기를 듣고 나는 딸에게 참으로 장한 일을 하였다, 약속이란 하기는 쉽지만 지키기란 매우 어려운 일이라고 말해 주었다. 제자들을 다시 만나게 된 스승은 얼마나 기뻤을까 하고 딸의 행동에 칭찬을 아끼지 않았다.

나도 초등학교 4학년 때 다른 학교로 전근 가시는 담임선생님과 헤어지기 싫어 친구들과 선생님을 붙잡고 "선생님, 떠나지 마세요." 하고 애원한 일이 있었다. 선생님은 떠나면서 앞으로 꼭 다시 만나게 될 것이라고 위로해 주었지만 서운한 마음은 오랫동안 가시지 않았다.

세상을 살아오면서 어려운 일이 있을 때마다 그 선생님의 가르침을 떠올리며 지금도 그리워하고 있지만, 선생님도 어디에선가 우리를 잊지 않고 계실 것이라 확신한다. '마음속의 만남' 역시 다시 만나게 될 것이라는 선생님의 그 약속을 지키고 있는 것이 아닐까.

(2010. 4.)

잃어버린 핸드백

 오늘은 토요일, 오전 수업이 끝나는 대로 강남고속터미널로 바로 나가겠다고 말하면서 아내는 아침 일찍 학교에 출근하였다. 장인의 구순(九旬)이 내일이어서 시골에 내려가기 위해 나는 강남고속터미널로 나갔다. 예약해 둔 오후 2시 승차권을 구입한 후 아내가 오기를 기다렸다. 한참을 기다리자 언제 왔는지 아내가 옆에 서 있었다.

 바삐 나오느라 점심도 못 먹고 왔으니 출발 시간 전에 빨리 식사를 하겠다며 옆에 있는 식당으로 들어갔다. 식사를 끝내고 출발 5분 전에 승차를 하여 지정좌석에 앉자마자 아내는 갑자기 "내 핸드백!" 하고 놀라는 것이었다. 식당에 핸드백을 놓고 그냥 나온 것이었다. 우리는 출발을 포기하고 고속버스에서 내려 그 식당으로 뛰어갔다. 아내가 식사하던 그 식탁에 핸드백이 없었다. 주인에게 물어보았으나 모른다고 했다. 어디에서 찾아야 할지 앞이 캄캄하였다.

맨 먼저 머리에 떠오른 것이 신용카드였다. 나는 카드 회사 별로 분실 신고를 하고, 그 다음으로 터미널 방송실에 신고를 하였다. 잃어버린 핸드백을 찾기 위해 아내와 같이 비지땀을 흘리며 터미널 대합실을 뒤졌으나 찾을 길이 없었다. 터미널 방송실에서는 잃어버린 핸드백을 찾는다는 안내 방송이 계속 흘러 나왔다. 어느덧 시간은 흘러 저녁 6시가 되었다. 무려 4시간 동안이나 찾아 헤매었으나 핸드백은 어디에도 없었다. 어쩔 수 없이 찾는 것을 포기하고 고속버스에 다시 올랐다.

밤늦게 시골 처가에 도착하니 장인께서는 우리 내외를 반갑게 맞이하며 늦어서 걱정을 많이 했다고 하셨다. 아내와 나는 자초지종(自初至終)을 말씀드리고 놀라시게 하여 죄송하다고 했다.

일요일 아침, 아내와 처형 처제들은 장인의 구순 생신 상을 차려 놓았다. 모두 모여 아버지께 만수무강을 빌며 큰절을 올리고 각자 준비한 선물을 드렸다. 아내는 축하금 봉투를 넣은 핸드백을 잃어버렸기에 서울에 올라가는 즉시 송금하겠다고 하였다. 장인은 만면에 웃음을 띠면서 "나의 구순을 이렇게 모두 축하해 주니 참으로 고맙고 기쁘다. 내 아들, 딸들 내외 모두가 행복하게 잘살기를 바란다."고 당부하셨다.

아침을 먹고 우리 내외는 일찍 서울로 올라가기로 했다. 잃어버린 핸드백을 가져다 놓았을지도 모른다는 예감이 들었다. 장인과 처족들에게 인사를 드리고 버스 정류장으로 나가는데 장인께서 뒤따라 전송을 나오셨다. 버스가 도착하자 장인은 얼른 버스에 올라 운전기사에게 미리 요금을 건네주시며 "우리 가족이 타고 가니 읍내 역까지 잘 태워다 주시오." 하고 특별히 부탁하셨다. 되돌아가시는 장인의 뒷모습을 바라보니 눈물이 핑 돌았다. 정오경 서울 강남고속터미널에 도착하여 방송실로 찾아갔다. 혹시나 하였으나 허사였다.

핸드백을 잃어버리고 3일째 되는 월요일 아침, 외출을 하려고 문을 막 나서는데 전화벨이 요란하게 울렸다. 황급히 수화기를 들었다. "여보세요, 여기 수원인데 백 선생님 댁 맞지요?" "네, 그렇습니다만 누구신데요?" "혹시 핸드백 잃어버리지 않았나요?" 하는 소리에 나는 깜짝 놀랐다. "네, 지난 토요일 강남고속터미널에서 잃어버렸어요." "제가 그 핸드백을 가지고 있는데 어떻게 전해 드릴까요?" 하는 것이었다. 그리고 "저는 서울로 출근하는데 11시경 4호선 회현역 1번 출구 앞에서 만나요." 하고 전화를 끊었다. 나는 한참을 생각했다. 지난 토요일 강남고속터미널에서 잃어버린 핸드백이 어떻게 수원까지 갔는지 알 수가 없었다.

아내는 학교에 출근했기에 내가 대신 약속 장소에 나갔다. 전철이 도착하자 눈에 익은 핸드백을 든 40대로 보이는 여인이 올라오는 것을 보고 인사를 하였다. 전철역을 나와 부근 커피숍에서 상세한 이야기를 들었다. 토요일에 늦게 퇴근하여 전철을 타고 가 종착역인 수원역에 도착했다. 맨 나중에 내렸는데 선반 위에 낯선 핸드백이 놓여 있어 들고 내렸다고 하였다. 집에 와서 그 백을 열어 보니 지갑 속에 교육공무원 신분증이 있어 학교에 전화해 집 전화번호를 물어서 연락을 한 것이라고 했다.

그는 핸드백을 건네주며 없어진 게 있는지 확인해 보라고 했다. 나는 그 여인으로부터 핸드백을 건네받고 대단히 감사하다고 정중히 인사를 했다. 그리고 그 자리에서 가방을 열어 확인하였다. 모든 것이 그대로 있어 나도 모르게 "하느님, 감사합니다!" 하고 크게 외쳤다. 너무나 고마워 감사의 사례를 하고자 봉투를 내밀었더니 그는 깜짝 놀라 손사래를 치며 완강히 거절하였다. 점심때가 되었으니 식사라도 하자고 하였으나 그것마저 사양을 하며 남대문시장에 있는 점포를 비워 둘 수가 없어 빨리 들어가야 한다고 서둘렀다.

나는 이렇게 좋은 일 하시고 그냥 가시면 너무 섭섭하다고 하였더니, "앞으로 나도 이런 일을 당하면 나에게도 이렇게 도와주지 않겠어요?" 하고 인사를 하며 찻집을 황급히 빠져나갔다. 나는 그 여인이 바로 '하느님이 보내 주신 천사가 아닐까.' 하고 상상하였다.

돌아온 핸드백을 받은 아내는 그렇게 착한 분이 어디에 있느냐며 이보다 더한 선행으로 보답하겠다고 다짐을 했다. 그리고는 돌아온 핸드백을 꼭 껴안고 기뻐 어찌할 줄을 몰라 했다.

(2010. 12.)

낙성대는 대학이 아니다

고교 동창 모임 장소가 서울대입구역 근처여서 그곳을 찾아가는 길이었다. 전철을 이용하여 사당역에서 내려 2호선으로 환승하기 위해 전철을 기다리고 있는데, 내 뒤에 서 있는 아가씨 둘이 이야기하는 소리가 귀에 들렸다.

"언니, 낙성대는 어디에 있는 대학이야?" 하고 한 아가씨가 묻자, "응, 서울대 바로 밑에 있는 대학이야. 꽤 큰 학교이지." 하고 다른 아가씨가 거리낌없이 대답하는 것이 아닌가.

그 이야기를 듣고 있던 나는 하도 어이가 없어 혼자 쓴웃음을 지었다. 차림새로 보아서는 대학생 같아 보이는데 어떻게 저런 엉터리 대답을 한단 말인가. 듣고 넘기려니 마음에 걸려 제대로 가르쳐 줄까 하고 몇 번이나 망설이다가 단념하였다. 나는 젊었을 때는 옳지 못한 일이나 그릇된 것을 보면 그냥 보아 넘기지 못하는 성미였다. 그런데 요즈음은 남의 간섭을 싫어하는 세태라 젊은 사람들을 잘못 건드렸다가는 잘하려고 한다는 것이 오히려 망신을 당하는 경우가 있기 때문에 그만둔 것이었다.

낙성대(落星垈)는 고려의 명장 강감찬 장군이 태어난 곳이다. 외적의 침략을 막아 내는 데 큰 공을 세운 장군으로 당시 백성들로부터 존경을 받아 온 분이다. 그와 같은 공적을 기리기 위하여 그 집터에다 삼층 석탑을 세웠다. 또한 그곳은 장군이 태어날 때 하늘에서 큰 별이 떨어졌다 하여 아이가 범상치 않은 인물이 될 것을 예견하고 그 자리를 '낙성대'라고 이름을 지었다 한다.

거란군이 40만 대군을 이끌고 침입했을 때 고려에서는 강조(康兆)가 대패하여 쫓기자 많은 신하들이 왕에게 항복하기를 권했다. 그러나 강감찬 장군은 끝까지 반대하고 스스로 군사를 이끌고 나가서 싸웠다. 그래서 국가는 위난에서 벗어날 수 있었다. 그로부터 8년이 지난 후 거란군이 다시 침공하였다. 그때 장군은 상원수가 되어 흥화진에 진을 치고 물을 막았다가 적이 건널 때 터 놓는 수공법(水工法)을 써서 대승을 거두었다. 이것이 그 유명한 귀주 대첩이다.

서울시에서는 2년간 공사를 하여 낙성대 경내에 안국사(安國祠)를 지어 장군의 영정을 모시고 일대기를 적은 강감찬 장군 사적비를 세워 성역화하였다. 서울지하철공사에서도 그 취지에 따라 그 곳을 지나는 역 이름을 '낙성대역'이라 지었다고 한다.

그날 동창 모임에서 친구들에게 사당역에서 들었던 이야기를 전하고, "혹시 너희들은 낙성대가 어떤 곳인지 알고 있는가?" 하고 물었다. 낙성대가 대학이 아니라는 사실은 대강 알고 있으나 그 유래나 강감찬 장군의 유적지임을 제대로 아는 친구는 없었다. 그래서 낙성대에 관하여 정확히 알려주었더니 모두 언제부터 우리나라 역사에 대하여 그토록 깊이 연구하였느냐며 칭찬을 아끼지 않았다. 나는 다소 쑥스럽기는 하였지만 잠시 어깨가 으쓱해졌다. 두 아가씨에게 올바르게 알려주지 못한 것이 못내 아쉬웠는데 그 못다 한 이야기를 친구들에게 속 시원하게 털어놓으니 마음이 좀 후련해지는 것 같았다.

우리나라는 교육열이 높아 대학이 많기로도 유명하다. 그러다 보니 생소한 이름의 대학들이 많아 정말 그런 대학이 어디에 있느냐고 묻는 경우까지 있다. 그렇다고 해서 대학과 문화 유적지를 혼동하는 일이 있어서는 안 될 것이다. 낙성대만 하더라도 국민들이 얼마나 잘못 알고 있으면 "서울지하철 2호선에는 낙성대학교라는 곳은 존재하지 않는다."라고 모 백과사전에서까지 명시해 놓았겠는가.

이렇게까지 된 것은 우리나라 교육 제도에 문제가 있다고 본다.

자기 나라 역사 즉 국사는 국민이면 누구나 모두 필수로 배우고 익혀 상식으로 알아야 하는 것이 국민의 도리가 아닐까. 그러나 우리나라의 대학 입시인 대학수학능력시험이나 공무원 채용 시험 및 사법, 행정, 외무 등 각종 고시에 국사과목을 필수 과목으로 하는 곳이 한 군데도 없다. 필수가 아닌 선택 과목이기에 굳이 노력하여 공부를 하지 않아도 되기 때문에 우리나라 역사를 잘 모르는 이들이 많은 것 같다.

얼마 전 나는 낙성대를 다시 찾았다. 입구에 세워진 기마동상에서 장군의 늠름한 모습을 보았다. 이어 안국사 안에 봉안된 영정에 머리 숙여 경건하게 참배했다. 장군이 태어난 자리에 세웠다는 삼층 석탑도 둘러보았다. 국가가 위기에 처했을 때 두 번이나 나라를 구한 장군의 존재가 제대로 국민들에게 알려지지 않고 있는 것에 대해 안타까움과 부끄러운 마음을 금할 수 없었다.

나는 전철을 타거나 그 지역을 지날 때마다 나라를 지킨 장군의 애국 혼을 떠올리면서 낙성대의 유래와 역사적 의미를 올바로 알리기에 온 힘을 쏟아야겠다고 다짐을 한다.

(2009. 10.)

인연

설 연휴가 끝나고 이틀 후 신문에 간호사 네 명이 활짝 웃고 있는 사진이 내 눈에 들어왔다. 해맑은 얼굴에 똑같은 제복을 입은 모습이 마치 나이팅게일을 연상시켰다.

이들은 강원도 삼척의 한 광부의 딸들이라고 한다. 광부의 아내는 만삭의 몸으로 친정에 왔다가 밤중에 갑자기 산고를 느껴 인근 병원을 찾았으나 그 병원에서는 분만을 할 수가 없다고 했다. 그래서 G 종합 병원 응급실로 달려갔다.

산모가 위급하다는 보고를 받은 이 병원 재단 이사장은 곧바로 의료진에게 제왕 절개 수술 준비를 시켜 놓고 환자가 도착하자 신속히 시술을 하여 무사히 아이를 출산할 수 있게 하였다. 그런데 아이는 놀랍게도 한 명이 아닌 네쌍둥이였다. 네쌍둥이를 처음

받은 이 병원에서는 축복이었으나, 산모는 결코 축복일 수가 없었다. 당장 수술비며 입원비를 마련할 길이 없었기 때문이었다. 더욱이 한 아이 몫의 인큐베이터 비용도 엄두를 내지 못할 형편에 네 아이의 몫을 어떻게 감당해야 할 것인지를 생각하니 앞이 캄캄하기만 했다. 이런 사정을 전해 들은 이사장은 선뜻 병원비는 받지 않을 테니 걱정하지 말고 식사 잘하고 편안한 마음으로 몸조리 잘하시라고 격려해 주었다. 네쌍둥이 자매와 이사장과의 인연은 이렇게 시작된 것이다.

퇴원하는 날 병실을 찾아온 이사장은 산모에게 "아이들이 대학에 입학하면 등록금을 책임질 테니 꼭 연락해 주세요." 하며 아이들을 건강하게 잘 키우라고 당부하였다. 집안 형편이 어려운 부모로서는 출산도 무료로 해준 것이 고마운데, 대학 등록금까지 약속을 해주니 더욱더 감사할 뿐이었다. 이런 고마우신 분을 만난 산모는 "이 아이들을 튼튼하게 잘 키워 훌륭한 사회인이 되도록 가르치겠습니다." 하고 감사의 인사를 드리고 퇴원을 했다.

그 후로는 세월이 흐르는 동안 서로 까맣게 잊고 지냈을 것이다. 그러던 어느 날 우연한 기회에 낡은 사진첩을 정리하던 이사장은 불현듯 18년 전의 네쌍둥이들이 생각났다. 그래서 수소문해 보니 아이들의 아버지가 탄광을 떠나 경기도 용인에서 살고 있다는 사실을 알아냈다. 네쌍둥이들은 어느새 자라 모두 대학의 간호학과에 수시 합격한 상태에서 이번에는 등록금 걱정으로 발을 동동거리고 있었다. 이러한 사정을 알게 된 이사장은 며칠 후 등록금을 준비하여 네 자매의 집을 찾아갔다. 그리고는 대학 입학을 축하하면서 또 한 가지 선물을 약속하였다. "열심히 공부해서 우수한 성적으로 졸업하면 네 자매 모두를 우리 병원 간호사로 채용하겠다"고. 그런 다음 이사장은 이들의 학업 상황을 수시로 알아보며 졸업할 때까지의 학비를 모두 지원해 주었다.

자매들도 이사장의 기대를 저버리지 않기 위해 열심히 공부하여 졸업과 동시에 간호사 국가고시에 모두 합격하였다. 이 소식을 들은 이사장은 매우 기뻐하면서 3년 전 대학 입학 때 약속했던 대로 네쌍둥이 자매가 태어났던 그곳, 자신이 경영하는 G병원 간호사로 그들을 모두 채용한 것이었다.

네쌍둥이 자매는 은혜를 받은 만큼 어려운 이웃을 돕는 사람이 될 것이라고 서로 다짐했다. 그리고 어릴 적부터 간호사가 되어 아픈 사람을 돌보아 주는 것이 꿈이었다고 했다. 그리고는 이사장님이 약속을 지켰듯이 우리들도 아프고 힘든 사람들을 받들어 섬기는 가슴이 따뜻한 간호사가 되겠다면서 "이제는 우리 네 자매가 약속을 지킬 차례"라고 말하는 것이었다. 참으로 가슴 뿌듯한 이야기였다. 만약에 이사장 같은 분을 만나지 못했더라면, 네쌍둥이 자매들은 지금쯤 어떻게 되었을까 하고 상상을 해 보았다.

이사장은 네 자매 간호사들을 보며 이렇게 훌륭히 키워 주신 "여러분의 부모님은 애국자이십니다."라고 하며 네 명 모두가 우리 병원에서 간호사로 일하게 된 것은 하늘의 뜻이라고 했다. 그리고 부모에 대한 효심이 지극하니 환자들에 대한 사랑도 남다를 것이라며 앞으로 훌륭한 간호사가 되어 달라고 부탁을 하였다.

출근 첫날 병원 현관에서 똑같은 제복을 입은 네 자매가 나란히 서서 출입하는 모든 이에게 미소를 띠며 공손히 인사하는 사진을 보았다. 이보다 더 아름답고 감동적인 인연은 없을 것이라는 생각이 들었다.

(2011. 3.)

솔향기

　우리 집에는 ≪e-숲 이야기≫라는 정기 간행물이 매월 산림청으로부터 배달되어 온다. 이 책자에는 전국의 산에서 자라고 있는 모든 나무들의 생태와 유명한 산마다 설치된 휴양림에 대하여 상세히 소개되어 관심을 가지고 읽는다.

　그중에서도 울창한 소나무 숲으로 유명한 '대관령 휴양림'이 우리나라에서 최초로 조성된 곳이어서 꼭 한 번 가 보고 싶었는데, 지난 5월 문학회 회원들과 함께 이곳에서 하룻밤을 지내며 숲 체험을 하게 되어 뜻을 이루게 되었다.

　숲 해설사로부터 숲 속의 식물들과 소나무의 자라 온 과정을 듣고 다른 수목들에 대해서도 많은 지식을 얻게 되었다. 이곳은 수령이 최소 100~200년 된 소나무가 **빽빽**이 들어서 있어 하늘이 보이지 않을 정도였고, 계곡의 맑은 물과 기암괴석이 한데 어우러져 있는 광경은 참으로 아름다웠다.

소나무는 솔 외에도 그 이름이 무려 16가지로 불리고 있다는 것을 처음 알았다. 예전에 우리 민족은 소나무를 마을의 수호신으로 삼고 숭앙을 하였다. 또한 집안에 신생아가 태어나면 맨 먼저 대문 앞에 솔가지를 꽂은 금줄을 치고 사내아이면 고추를 꽂았고 여아면 숯을 꽂아 놓았다. 이는 산모와 신생아를 보호하기 위하여 함부로 출입을 삼가도록 한 금지 표시로서 일곱이레(49일) 동안 걸어 놓았다 한다.

내 고향 집 사랑채 마당 한가운데에는 오래된 소나무 한 그루가 자리 잡고 있었다. 나무 주위에는 목단 꽃과 작약 꽃이 활짝 피고 5월이면 소나무 꽃대에서 노란 꽃가루가 휘날렸다. 그 나무의 향내를 맡고 자란 나는 멀리 있어도 바람결에 그 향기가 코끝에 전해 오는 느낌을 알 수 있었다.

소나무에서 송화가 흩날리는 계절이면 어머니는 그 송화를 따서 다식을 만드셨다. 다식은 송화 가루와 찹쌀가루를 꿀에 반죽하여 만든 것으로 간식으로 먹기에도 좋았지만 제향에 제수로 올리는 귀한 과줄이기도 했다. 지금도 노란 송화 가루를 반죽하여 틀에 넣어 다식을 찍어 내시던 어머니의 모습이 아련히 떠오른다.

소나무는 우리나라 수목 중에서 으뜸가는 나무로, 높고 으뜸이라는 뜻으로 '솔'이라고 부른다. 솔의 어원은 수위(首位)에서 수리로 또 그 수리가 줄어 솔이 되었다고 한다. 우리의 조상들은 이 나무를 매우 소중히 여겼으며 인간이 살아가는 데 필요한 3대 기본 요소인 의·식·주 중 집을 짓고 살 수 있는 주(住)를 해결할 수 있기 때문이라고 생각하였다.

우리나라는 일제 치하에서 해방되기까지 보릿고개인 춘궁기를 겪으면서 백성들은 주린 배를 채우기 위하여 소나무 껍질을 벗겨서 먹기도 하고 베어다 땔감으로 사용하기도 했다. 그래서 해방 후 우리나라 산은 모두 민둥산이 되었다. 이렇게 벌거벗은 산은 장마철이면 산사태가 일어나 마을 전체가 폐허가 되다시피 하여 다른 곳으로 떠나기도 하였다.

언제부터인가 나는 항상 푸르고 늠름한 낙락장송(落落長松)을 사랑하게 되었다. 산속에 소나무들이 울창히 서 있으면 그 산림으로 인하여 여름철 홍수를 막을 수가 있고, 솔방울이 달린 큰 소나무 그늘 아래 잠시 쉬면서 마을 사람들이 도란도란 이야기를 나누는 모습은 참으로 보기 좋았다.

옛날에는 집집마다 집 안에 소나무가 한 그루씩 있었으나 조선 초기에 모두 베어버렸다고 한다. 고려의 수도가 송도(松都, 지금의 개성)였기에 그 상징인 소나무를 자연히 배척하였던 것이었다.

오늘날은 소나무가 얼마나 소중한 나무인지 새삼스럽게 더 인식한 것 같다. 소나무에서 뿜어 나오는 맑은 향이 인체에 좋다고 하여 많은 사람들이 숲 속의 휴양림으로 몰려든다. 그 맑은 향은 살균 작용을 하는 '피톤치드'라는 향이다. 소나무에서는 피톤치드의 향이 다른 수목보다 월등히 많이 나온다고 한다.

소나무들은 하늘을 향해 곧게 뻗어 있어 보기에 좋다. 갖은 풍상 우로(風霜雨露)를 견디며 자란, 솔방울이 주렁주렁 달린 소나무가 볼수록 정답고 애착이 간다. 숲 속에서 하늘 높이 우뚝 솟은 아름드리 소나무를 올려다보며 숨을 크게 들이마시면, 가슴이 확 트이고 마음속 깊이 품었던 모든 소망이 이루어지는 것 같다. 솔은 우리 산림의 40프로를 차지하고 있다 하니, 우리가 태어나서부터 흙으로 돌아갈 때까지 동고동락을 하는 대표적인 나무라 하겠다.

가랑비가 촉촉이 내리는 동안 대관령 숲 속은 쭉쭉 뻗은 소나무 사이로 운무(雲霧)가 좍 깔리어 하늘이 보이지 않고, 마치 구름 위에 떠 있는 것처럼 장관(壯觀)을 이루었다. 이런 장면은 영화 속에서나 볼 수 있는 것으로 실제로 목격을 하고 보니 신비의 세계에 빠져든 느낌이었다. 또 운무 속에 우뚝 솟은 솔의 군생(群生)들은 정말 환상적이었다.

숲 속을 거닐며 은은히 번지는 솔 내를 들이마셨다. 어렸을 때 어머니가 만들어 주신 노란 다식이 입속에서 살살 녹으며 풍기던 그 솔향기가 가슴 가득히 번졌다.

(2011. 8.)

사랑의 대바자회

삼각산 아래 무너미골[水踰洞]에서는 특별한 바자회가 매년 10월이면 열린다. 이 지역에는 천주교인 수유1동성당과 대한불교 조계종 사찰인 화계사, 기독교인 송암교회가 가까이 삼각형을 이루고 있다. 종교는 서로 다르지만 지역 주민을 위하여 좋은 일을 하고자 기독교의 사랑과 불교의 자비심으로 12년 동안 이 행사를 해 오고 있다.

12년 전 우리 가족이 다니는 성당에는 전방에서 군종 신부로 근무하셨던 L 신부님이 주임 신부로 부임하셨다. 신부님은 특별히 불우이웃을 돕는 데 남다른 애정을 가지고, 주변 다른 종교의 대표인 주지 스님, 목사님과 함께 우리 마을에서 고통받는 난치병 어린이를 돕기 위한 '사랑의 대바자회'를 함께 열자고 상의하였다. 그래서 "우리의 사랑과 자비가 결집하면 고통 중에 있는 우리 이웃에게 희망을 줄 수 있습니다."라는 구호 아래 부근 신학대학원 운동장을 이용해 바자회를 열기로 하였다.

세 종교가 합동으로 개최하는 것이므로 바자회를 시작하기 전에 불교에서는 주지 스님이 예불을 드리고, 기독교에서는 담임 목사님이 기도와 설교를, 그리고 천주교에서는 주임 신부님이 미사와 강론을 하여 바자회가 성공리에 잘되어 난치병 어린이를 위하여 많은 수익을 낼 수 있도록 기원했다.

개회식을 올리는 동안 많은 신자들과 이웃 주민들은 필요한 상품을 고르고 사기도 하였다. 각 종교의 봉사자들은 자기가 맡은 일에 최선을 다하여 안내와 판매를 했다. 서로 자신이 소속된 종교에서 기증한 상품을 더 많이 팔기 위하여 선의의 경쟁을 벌였다.

하나의 목표를 가지고 세 종교의 신자들이 서로 웃으며 격려하고 화합하는 모습이 참으로 보기 좋았다. 한편 성당의 수녀님과 사찰의 비구니 스님이 손을 맞잡고 고통받는 어린이를 돕자며 뛰어다니는 모습이 한 편의 드라마 같았다.

아내와 나는 십 년 전 첫 바자회 때 지인의 소개로 노량진 수산시장의 어느 회사로부터 햄을 원가에 받아 와 판매하였다. 그때 얼마나 소리를 지르며 판매를 하였던지 목이 잠기어 말이 잘 나오지 않았다. 판매를 시작하기 전에 목표액을 달성할 수 있도록 기도를 했으나 많이 팔지는 못하였다. 그러나 마감 시간까지 열심히 노력한 끝에 목표 수입을 올렸다. 난치병 어린이를 돕는 데 한 몫을 하게 되었다는 자부심에 가슴이 뿌듯했다. 약을 먹어도 치유가 되지 않아 고통을 받고 있는 희귀병 환자 어린이들의 애타는 마음, 그 부모들의 심정은 오죽할까 하는 생각이 들었다.

무대 위에서는 연예인 신자들이 노래하고 춤을 추며 물품이 한 개라도 더 팔리기를 바라면서 흥을 돋우기에 열심이었다.

한편 삼각산 정상에서 등산을 마치고 내려온 등산객들은 울긋불긋한 등산복을 입은 채 바자회장 한쪽 먹거리 장터에서 막걸리에 빈대떡을 안주 삼아 목을 축였다. 흘러나오는 음악에 맞추어 더덩실 춤을 추며 상품을 고르는 데 정신이 없는 이들도 많았다.

이웃에 있는 '한빛맹아원'의 12인조 브라스 밴드의 연주는 많은 사람들의 심금을 울렸다. 보이지 않는 눈으로 세상을 색칠해 가는 그들은 일곱 가지 색을 가진 무지개보다 더 아름다운 사람들로서 자신들보다 더 어려운 어린이를 위해 멋진 공연을 하여 많은 박수갈채를 받았다.

시작한 해부터 작년 11회까지 '사랑의 대바자회'에서 얻은 수입금 6억1천만 원은 구청에서 선정해 준 199명의 어린이들에게 전달되었다. 이번 12회 바자회를 성황리에 마치고 모은 성금도 11월 중에 난치병으로 고통받는 어린이의 가정에 전달될 예정이다.

이곳 무너미골에 있는 세 종교의 신자들은 타 종교와의 벽을 넘어 화합을 하고, 이웃과 지역 사회가 올바르게 설 수 있도록 애쓴다. 그리고 고통받는 어린이들이 희망을 잃지 않고 굳세고 건강하게 자라날 수 있도록 노력하여 밝고 아름다운 세상이 되기를 기도한다.

세 종교 연합 바자회를 통하여 주지 스님과 목사님, 신부님은 종파를 초월하여 매년 한 번씩 사찰과 교회와 성당을 순회하면서 타종교 간의 서먹서먹함을 타파하고 서로 이해하며 우리 지역의 불우한 이웃을 돕자고 뜻을 모으고 있다.

불교와 기독교의 축일과 기념일에는 성당에서 '석가 탄신을 축하합니다' 라는 현수막을 절 입구에 걸어 주고, 절에서는 크리스마스 때 우리 성당 앞과 교회 앞에 '아기 예수 탄생을 축하합니다' 라는 현수막을 걸어 주며 서로 축하를 해주고 있다. 지나가는 사람들이 현수막을 보고 흐뭇한 표정을 지으며 참 아름다운 광경이라고 칭찬을 아끼지 않는다. 이러한 모습은 어느 곳에서도 볼 수 없는 우리 지역만이 할 수 있는 종교 간의 사랑이 맺은 결과이다.

매년 이 행사가 있을 때마다 나는 타종교 간의 화합이 우리 지역에서뿐만 아니라 전국 어느 곳에서도 이루어지기를 소망한다. 그리고 이러한 행사를 통하여 어려운 환경이나 난치병으로 고통받고 힘들어하는 어린이를 돕는 길이 열렸으면 하고 기원한다.

(2011. 11.)

장롱 속에 숨은 여인

요즈음 신축하는 주택은 서울이나 시골 농촌 할 것 없이 앞뒤가 꽉 막힌 아파트 일색이다. 마당에 정원이 있는 단독 주택은 거의 볼 수가 없다.

군 제대 후 첫 직장의 입사 통지를 받고 서울에 올라와 회사 부근에 하숙집을 정했다. 처음으로 사회생활을 하게 된 나는 모든 것이 새롭고 서툴기만 하였다. 그래도 회사에서 인정받는 사원이 되기 위해 열심히 뛰며 일을 배워 나갔다. 신입 사원으로서 첫 월급을 받아 하숙비를 지불하고 나니 월급봉투에 남은 돈이 얼마 되지 않았다. 첫 술갈에 배부를 수는 없지만 세월이 흘러감에 회사일도 능숙해지고 생활하는 데도 요령이 생겼다.

일 년여 동안 하숙 생활을 하고 있으니 주위에서 자취를 해 보라고 권유하기에 방을 얻어 자취 생활을 시작하였다. 하숙할 때보다 몸은 고달프지만 확실히 절약이 되었다. 무려 삼 년여 동안 자취 생활을 한 결과 밥 짓는 데는 선수가 되어 지금도 집에서 자신 있게 밥을 잘 짓는다.

회사와 자취집 부근이 새로 개발되는 지역이어서 주위에 주택들을 많이 신축하면서 국민 주택이란 이름으로 입주자들을 모집하였다. 어느 날, 동네의 아는 분이 미분양 주택 한 동이 싸게 나왔는데 이 기회에 구입하라고 부추겼다. 자취 생활하며 조금씩 저축한 돈이 계약금은 될 것 같아 주저 없이 일을 저지르고 말았다. 잔금은 시골에 있는 집 한 채를 팔면 되겠지 하는 생각으로 모험을 한 것이었다.

그렇게 하여 이십 대 때 나는 처음으로 집을 장만하였다. 내 집을 마련했다는 뿌듯함에 도취되어 하루하루를 즐겁게 지냈다. 그러던 중에 대지면적이 적게 보여 구청에 들러 지적도를 떼어 보았다. 순간 나는 깜짝 놀랐다. 뒷집으로 들어가는 길이 내 집에 딸린 땅이었던 것이다.

나는 즉시 매도자인 건축업자를 찾아가 따져 물었다. 업자는 할 말이 없다면서 뒷집 대문으로 들어가는 길을 만들었는데 대지 분할을 잘못하여 맨 마지막 집인 내 땅을 막고 통행로를 만들었다는 것이다. 그때부터 뒷집과의 분쟁이 시작되었다.

나는 뒷집 주인을 찾아가 정중히 인사를 하고 그동안 내 땅을 무단 사용한 사실을 알렸다. 그리고 사용한 평수만큼을 매입하든가 아니면 반환하든가 하라고 요구하였다. 그러나 그는 대문 앞길을 포함하여 자기 소유의 땅으로 알고 매입하였다며 제의를 받아들이지 않았다. 그래서 지적도상에 엄연히 내 집 번지의 소유로 되어 있는 것을 보여 주었으나 소용이 없었다.

　알고 보니 뒷집 주인은 초등학교 여선생이었는데, 그 후 몇 차례 만나려고 찾아갔으나 아침 일찍 출근하고 없어 만날 수가 없었다. 마음 같아서는 내 땅을 찾아 좁은 마당을 넓히고 싶었다. 그러나 뒷집의 통행로를 다른 곳으로 낼 수 없는 것이 문제였다. 강제로 길을 막을 수도 없어서 답답하기만 했다.

　일 년여의 세월이 흘러 집 주변의 구획이 정리됨으로써 새로운 길이 났다. 뒷집도 큰 도로 쪽으로 대문을 새로 냈다. 드디어 잃어버린 땅을 찾을 기회가 온 것이었다. 뒷집 여선생을 상대로 내 소유 땅을 반환할 것을 내용증명으로 보내 법적 절차를 밟았다. 그러나 세 번이나 보낸 내용증명이 모두 수취거절로 반송되어 왔다. 수차례 직접 면담을 요청하였으나 만나 주지도 않았다.

　어느 날 아침, 나는 뒷집 선생이 출근하기 전에 그 집을 방문하였다. 선생을 아무리 부르고 문을 두드려도 안에서는 인기척이 없었다. 집 안에 사람이 없는가 싶어 들여다보니 출입문 앞에 있는 신발이 보였다. 이제는 더 이상 물러설 수 없었다. 담판을 지어야겠다는 생각으로 출근을 포기하고 주인인 선생이 나올 때까지 기다리기로 하였다.

한 시간이 넘게 기다리고 있으니 방 안에서 장롱 문 열리는 소리가 크게 들렸다. 귀가 번쩍 뜨여 살펴보니 여선생이 장롱 문을 박차고 문밖으로 뛰쳐나와 화장실로 급히 뛰어가는 것이었다. 나를 피하느라 장롱 속에 들어가 숨어 있었던 것이다.

나는 화장실에서 나온 선생에게 댁의 대문을 큰길 쪽으로 새로 냈으니 그곳을 이용하시라고 했다. 그리고 이제는 내 땅을 밟고 들어가는 출입문을 막고 담을 헐어 버리겠다고 알렸다.

다음 날, 구청 지적 담당 공무원 입회하에 막았던 담을 헐어 내고 십여 평의 땅을 찾았다. 장장 삼 년이나 끈 뒷집과의 소유권 분쟁이 끝난 것이었다. 나는 잃었던 땅을 찾았던 그 집에서 결혼을 하고 새 가정을 꾸려 신혼 생활을 시작하였다. 그 주소지로 분가를 신청하여 나의 본적지가 되기도 한 곳이었다.

처음 구입한 단독 주택에서 살아온 이후 여러 차례 이사를 하였다. 나는 지금도 앞뒤가 꽉 막힌 아파트보다는 봄이면 연두색 새 싹이 땅속에서 올라오고 꽃이 피어나는 화단이 있고 감나무 등 유실수가 있는 단독 주택을 좋아한다.

내가 담판을 지으려고 찾아갔을 때 뒷집 여선생은 얼마나 다급

했으면 장롱 속으로 피신을 하였을까. 이제는 그 심정을 이해할
만하다. 지금은 어디서 어떻게 살고 있는지 만나서 이야기를 나눈
다면 그때 그 장면을 생각하며 한바탕 웃지 않을까.

(2012. 1.)

제봉산의 함성

　오늘 아침 우리 부부는 일찍 일어나 등산 배낭을 챙겼다. 서울역으로 가기 위해 들뜬 분위기 속에 마음이 설레었다. 마치 어린 시절 초등학교 때 소풍 가던 날처럼 몹시 허둥댔다.

　서울역에 도착하니 1층 대합실에는 '재경장성향우회'의 깃발 아래 1,500여 명의 향우들이 꽉 차 있었다. '재경장성군향우회산악회'가 고향에 있는 '제봉산(323.6m)을 오르기 위해 고향 방문 특별 열차 11량을 전세 내어 서울역에 대기시켜 놓고 승차 시간을 질서 있게 기다렸다.

　개찰구 밖에는 많은 선물과 짐들이 가득 쌓여 있는데, 저 많은 물건들을 어떻게 다 열차에 실을까 내심 걱정이 되었다. 출발 시간이 되어 면(面)별로 출구를 통해 나가는데 산악회 집행부 대원들이 출구 양쪽에 서서 쌓여 있던 선물과 도시락, 기념품을 개인별로 지급함으로써 그 많은 물건들을 말끔히 처리했다. 우리 향우회원들의 아이디어로 간단히 해결한 것이었다.

고향 관광 열차는 예정 시간 정각에 출발하여 목적지인 고향 장성역에 12시에 도착하였다. 모든 향우들이 하차하여 출구를 통해 나가는데 대합실 양쪽으로 군수님을 비롯하여 이곳 출신 국회의원과 도의원, 군의원, 각 기관장 들이 줄을 지어 나와서 고향을 방문하는 향우들을 환영하였다. 향우들 모두가 기쁘고 즐거운 방문길이었다.

역을 빠져나온 향우들은, 일부는 오늘 행사의 본부인 중앙초등학교 운동장으로 모였고, 나머지 회원들은 우리 장성의 수호산인 제봉산 정상으로 올라갔다. 장성인이 가장 사랑하는 산이기에 정상에 오른 향우들은 각자의 소원과 건강을 위하여 소리 높이 "야호!" 하고 외치니 제봉산이 떠나갈 듯 울려 퍼졌다. 정상에서 내려와 모임 장소인 중앙초등학교로 갔다. 운동장에 면별로 설치된 천막에서 향우들과 뜨거운 포옹을 하며 한 잔의 막걸리로 회포를 풀면서 정담을 나누었다.

군수님은 환영 인사로 "중국에 만리장성이 있듯이 우리 향우님들이 서울에서 고향 장성까지 줄을 잇는다면 우리 장성이 중국의 만리장성보다 더 깁니다."라고 하여 모두가 크게 웃었다. 면장님들은 각각 자기 면민들을 찾아 일일이 인사를 했다. 그리고 면 대항 노래자랑이 신나게 진행되었다. 초청 가수도 나와 멋진 히트 곡을 선사하고 중간에 경품 추첨을 하는 동안 당첨되어 기뻐하는 사람과 추첨 번호가 빗겨 가 안타까워하는 향우의 모습도 보였다.

향우들과 한데 어울려 여흥을 즐기는 동안 어느덧 시간이 흘러 이별을 해야 할 시간이 되었다. 전세 낸 특별 열차가 출발할 시간 이 가까워지자 재경향우들은 역으로 나가 다시 열차에 올랐다. 열차 칸마다 군수님이 들러 작별 인사를 하고 플랫폼에서 손을 흔들어 주는 가운데 열차는 서울을 향해 서서히 장성역을 출발하 였다.

오전에 내려오는 동안 열차 내에서는 특별 카페를 운영하여 면 대항 노래자랑과 퀴즈 프로를 운영하여 여기서 나온 금액을 모아 향우회 회장단이 고향의 양로원을 찾아가 성금을 기탁하고 위문 을 하였다. 철도청에서는 향우회에서 이렇게 많은 회원을 이끌고 열차를 전세 내어 고향을 방문하기는 철도사상 처음 있는 일이라 며 놀라워했다. 이렇게 우리 향우회는 향우를 위하는 일이라면 모든 것을 제쳐 놓고 열성적으로 참여한다.

작년에는 우리 고향의 값싸고 품질 좋은 무공해 제품을 서울의 향우들에게 공급하기 위해 용산역 광장에 내 고장 농산물 특설 코너를 만들어 이틀간 판매 행사를 하였다. 개장 첫날에 우리 고향 출신인 국무총리께서 나오셔서 개막 테이프를 끊고 "우리 고장이 부농이 되기를" 비는 격려의 말씀을 해주셨다.

재경향우회에서는 수도권에 사는 향우들의 건강을 위하여 체육대회를 열어 향우 800여 명이 참석하여 몸을 풀면서 즐거운 하루를 보내기도 하였다. 그리고 백두산 등정과 우리나라 해상왕 장보고의 유적지를 돌아보고 선상에서 향우회 총회도 개최하고 즐거운 오락 시간을 가진 4박 5일 간의 중국 여행을 다녀오기도 하였다. 또한 향우회에서는 향우들의 소식을 전할 수 있는 800여 쪽에 달하는 향우 회지를 발간하여 전체 향우에게 배포하고 고향의 이장에게까지 배포하였다.

내 고향 장성은 장성의 중심에 있는 제봉산의 정기를 받아 맑은 공기 속에 문불여장성(文不如長城)이라 할 만큼 문향의 고장으로 유명하며, 역사적인 사적과 관광자원이 많아 군에서 마련한 장성 8경은 어디에도 빠지지 않는 훌륭한 관광지로 누구나 한번쯤 관광을 해 볼 만한 곳이다.

우리 고향의 수호산인 제봉산과 북쪽의 백양사 뒤의 백암산 가인봉의 정기를 받아 우리 향우들 모두는 제봉산 정상에서 한눈에 보이는 시가지를 보며 우리 장성의 발전을 빌면서 함성을 지르고 고향을 떠나왔다.

(2012. 5.)

나눔의 기쁨

5월 라일락 향기 짙은 뜰에 나무들이 싱싱한 자태를 뽐낸다. 우리 집 마당에는 은행나무, 앵두나무, 감나무, 오동나무와 단풍나무가 있고, 옆 뜰에는 대추나무와 보라색 꽃과 흰색 꽃이 피는 라일락이 각각 한 그루씩 두 그루가 나란히 향기를 내뿜고 있다.

이 나무들은 우리 가족이 이곳으로 이사 온 후 살던 집을 헐고 신축을 하면서 기념으로 심었던 것이 세월이 흘러 제법 큰 나무로 성장한 것들이다. 그중에서도 대문 옆에 심은 은행나무는 허리둘레가 굵어지고 키가 하늘을 찌를 듯이 높이 자랐다.

어느 늦가을 아침에 마당에 노란 은행 열매가 떨어져 있어 가로수의 것이려니 생각하면서 무심코 우리 집 은행나무를 올려다보았더니, 나뭇가지에 노란 열매가 주렁주렁 매달려 있는 것이 아닌

가. 가로수로 심은 은행나무와 다를 바 없는 수나무인 줄로만 알았는데 열매가 맺히는 암나무였던 것이다.

어릴 적 고향 마을 큰댁에는 오래된 큰 은행나무가 있었다. 둘레가 몇 아름이나 되어서 동네 사람들은 그 나무에 색색의 헝겊 조각을 단 새끼줄을 감아 놓고 집안의 무사 안녕을 빌었다.

매년 늦가을이면 그 나무에서 은행을 땄는데, 나무 밑에 맷방석을 깔아 놓고 동네 어른들이 모두 나와 떨어진 은행을 가마니에 담고, 다른 한편에서는 냇가로 가져가 물에 담가 놓고 껍질을 벗겨서 말렸다. 할아버지께서는 은행을 수확할 때 수고하신 동네 어른들을 불러 술을 대접하고, 그날의 품삯을 드리며 각자 필요한 만큼 은행을 가져가라고 하셨다. 주는 사람이나 받는 사람이나 모두 즐거워하던 모습이 생각났다. 할아버지의 넉넉하신 마음을 생각하며 나도 할아버지처럼 이웃과 나누면서 기쁨을 맛보리라 마음먹었다.

은행나무를 가꾸어 보니 계절이 변함에 따라 주는 즐거움이 다르다. 봄이면 연녹색의 새싹들이 참으로 예쁘다. 어린잎이 자라면서 여름이 되면 진녹색으로 되는데 잎이 바람결에 살랑살랑 나부끼면 주위가 한결 시원하고, 잎사귀가 노랗게 물들기 시작하면 가을이 왔음을 알게 된다. 노란색 옷으로 갈아입은 은행나무는 가지마다 열매가 달려 있다.

도로변 양쪽에 심어진 은행나무 가로수들은 노란색을 칠한 터널 같다. 그 길을 손잡고 거니는 연인들의 모습이 아름답고 행복해 보인다. 덕수궁 돌담길은 노란 은행잎을 밟으며 거니는 연인들의 데이트 코스로 예전부터 유명하다.

남이섬의 은행나무 숲길은 이젠 명소가 되었다. TV 연속극으로 유명했던 〈겨울 연가〉의 촬영지가 바로 그곳으로, 청춘 남녀들은 메타세쿼이아 가로수 길과 은행나무 숲길을 걸으면서 노란 은행잎을 듬뿍 뿌리며 실제로 드라마의 주인공이 된 것 같은 느낌을 맛보려고 그 섬을 찾는다. 그 배경이 너무 아름다워 한 번 다녀간 사람들에게는 잊지 못할 그리운 길로 기억될 것이다.

내 고향 큰댁의 은행나무는 삼백 년이 넘었다. 그러나 그 나무는 아쉽게도 댐 건설로 수몰되어 지금은 찾아볼 수 없는 나무가 되었다. 그러나 우리 집에 커다란 은행나무가 있어 얼마나 다행인지 모른다. 마당에 있는 은행나무를 올려다보면 어릴 적 고향 마을이 떠올라 추억에 젖곤 한다.

늦가을 날, 성당의 구역 모임이 우리 집에서 열리면 참석한 교우 분들에게 은행을 나누어 준다. 동네 앞뒷집에도 조금씩 나누어 이웃 간에 정을 쌓는다. 그리고 같이 공부하는 문우들에게도 적은 양이지만 조금씩 나누어 드리면 반갑게 받아 주니 이것도 나눔의 기쁨이 아닐까 싶다.

할아버지는 받는 기쁨보다 나누는 기쁨이 더 즐겁다는 것을 나에게 가르쳐 주신 것이었다.

(2012. 5.)

≪에세이21≫ 등단기념패를 받고(왼쪽부터 4번째 ≪에세이21≫ 발행인 이정림 선생님, 그 옆이 저자)

부인과 저자, 이정림 ≪에세이21≫ 발행인과 함께

순간의 삼십 초

잿빛 하늘의 아침

잿빛 구름이 잔뜩 낀 영하의 날씨에 싸락눈까지 날리는 아침, 나는 출근 시간에 늦지 않으려고 서둘러 대문을 나섰다. 도보로 10분 거리에 있는 회사에 도착하자마자 실험실로 가 가운으로 갈아입고 오늘 내가 실험해야 할 품목을 살펴보았다. 제품의 주원료인 초산은(硝酸銀) 생산량의 수율(收率)이 떨어진다는 공장장의 지적으로 이 문제점을 보완하기 위한 실험이었다.

알코올램프에 불을 붙인 후 초산에 순 은괴(純 銀塊) 1,000g을 넣고 용해되는 과정을 관찰하는 순간이었다. "펑!" 하는 소리와 함께 나는 그 자리에서 얼굴을 감싸고 쓰러지고 말았다. 정신이 들어 깨어났을 때 나는 어느 안과 병원의 응급실에 누워 있었다. 아무것도 보이지 않는 상태에서 손으로 얼굴을 더듬어 보니 온통 붕대로 친친 감겨 있었다.

혼자 자취 생활을 하며 직장에 다니던 총각 때라 간병해 줄 사람이 없었다. 앞을 볼 수 없으니 다른 사람의 도움 없이는 한 발자국도 움직일 수 없는 처지였으나 시골에 계시는 연로하신 어머님께 이 일을 알려 드릴 수가 없었다. 회사에서는 그런 내 사정을 알고 동료 직원 한 사람을 매일 병원으로 출근하게 하여 나를 보살피도록 배려해 주었다.

앞이 전혀 보이지 않은 채 병상에 누워 있으니 별별 생각이 다 떠올랐다. 앞으로 내가 시각 장애인이 된다면 어떻게 살아가야 할 것인가 하는 생각이 들면 그대로 생을 마감하고 싶은 심정이었다. 그러나 옆에서 손발이 되어 간병해 주는 동료의 많은 위로와 격려의 말을 들으며 희망을 가질 수 있었다.

진료실에서는 부원장인 L 박사가 최선을 다하여 치료를 하면서 "신이 도왔습니다. 천만다행으로 눈동자에는 이상이 없습니다." 라고 말했다. '펑!' 하고 터지는 순간 눈을 깜박하는 동작에 눈동자가 보호되었다는 것이었다. 조물주가 인간에게 이렇게 신비한 능력을 주셨음을 처음으로 알게 되었다. 옆에서 진료를 돕던 간호사들도 정성껏 간호를 하면서 아무런 지장 없이 완치되어 퇴원하게 될 테니 부원장님의 의술을 믿어 달라고 오히려 나를 안심시켰다.

그때 회사에서는 연말연시를 앞두고 주문이 밀려 매우 바빴다.

새해 시무식에서 금년의 회사 방침으로 생산성을 높이고 좋은 제품으로 품질을 향상시키자고 다짐한 지 며칠 만에 그렇게 큰 사고가 난 것이었다. 내 첫직장이었던 그 회사는 감광 재료인 필름과 인화지를 생산하는 회사로 공장 내부 전체가 암실로 되어 있어 빨간 암등 외에는 불을 켤 수 없었다. 그래서 신입 사원들은 내부 공정을 살피는 데 애로가 많았다. 우리가 하는 공장 안의 공정은 사진 원재료인 '바라이다지'에 감광 원료인 초산은(화학 기호 AgNo3)을 도포(塗布)하여 그것이 건조되어 나오면 포장실에서 규격별로 재단하여 포장된 완성품을 암실 밖에 있는 제품 창고로 내보내는 것이었다.

1월에 입원하여 3개월 동안 꾸준히 치료를 받은 결과 4월 초에 붕대를 풀 수 있다고 했다. 어서 빨리 밝은 세상을 보고 싶었다. 두 눈을 모두 붕대로 감아 아무것도 볼 수 없는 3개월간, 내 자신이 처량하게 느껴졌다. 그동안 부모님과 함께 생활하면서, 그리고 군복무를 마치고 취직하기까지 부모님과 주변 사람들에게 잘못한 것은 없었는지 크게 뉘우치면서 반성을 많이 한 기간이었다.

붕대를 풀기로 한 날, 진료실 의자에 앉은 나는 잔뜩 긴장되었다. 주치의가 붕대를 풀기 시작했다. 눈을 감고 있는 나는 카운트 다운하는 심정으로 한 겹 한 겹 벗겨지는 붕대 숫자를 세고 있었다. 주치의는 붕대를 다 풀어낸 다음 "눈 떠 보세요. 이 손가락이 보입니까?" 하고 말했다. 나는 가만히 눈을 떴다. 무언가 희미한 물체가 보였다. "부원장님, 손가락이 보입니다!" 하고 나는 큰 소리로 외쳤다. 옆에서 지켜보던 간호사와 간병을 했던 회사 동료가 기뻐하며 환성을 질렀다. 그 후로 나는 지하철역 계단을 오르내릴 때마다 숫자를 세는 버릇이 생겼다. 그때 일이 강하게 무의식 속에 잠재돼 있기 때문인지도 모르겠다.

붕대를 풀자마자 곧바로 퇴원 수속을 밟았다. 그동안 치료해 준 의료진들에게 감사 인사를 하고 병원 문을 나섰다. 만 3개월 만이었다. 4월 초, 봄날의 싱그러움이 발걸음을 가볍게 했다. 1월 영하의 추운 날씨의 잿빛 하늘과는 달리 구름 한 점 없는 따뜻한 봄 날씨에 파란 하늘이 나의 광명을 새로이 되찾아 준 듯하였다.

퇴원하여 통원 치료를 받으면서 내 손발이 되어 준 동료와 정성 껏 간호해 주었던 간호사들을 당시 반도호텔 스카이라운지로 초청하여 저녁을 대접하였다. 한편 퇴원하고 수개월이 지난 후, 주치의였던 부원장님이 독립하여 신촌에 안과 의원을 개업했다는 소식을 듣고 찾아가 축하 인사를 드렸다. 나를 보자 반가워하시며 "시력은 정상입니까?" 하고 물었다.

오늘은 잿빛 구름이 끼지 않은 화창한 날씨이다. 하늘은 맑고 푸르며 새들이 지저귀며 즐겁게 날아간다. 그때 간호를 해주었던 간호사들은 손주들을 거느린 할머니가 되었을 것이다.

나는 그런 어려움을 겪으면서도 좌절하지 않고 희망을 가지고 극복해 냈다. 앞으로 이보다 더 큰 어려움이 닥쳐도 이겨 낼 수 있다는 자신감을 가지고 살아간다.

(2012. 8.)

순간의 삼십 초

　오늘은 부모님을 만나 뵈러 가는 날이다. 예약해 둔 열차 시간에 맞추어 호남선의 시발지인 용산역으로 가기 위해 시간을 여유 있게 잡아 집에서 가까운 지하철역으로 나갔다. 지하철역 승강장에는 평소보다 많은 승객들이 웅성거렸다. 오늘따라 왜 이렇게 승객들이 몰렸을까 생각하며 나도 거기에 합류되어 전동차를 기다렸다.

　몇 분을 기다렸으나 열차는 도착하지 않고 역내 구내방송이 들려왔다. 4호선 전철이 쌍문역에서 당고개역 간의 고장으로 인하여 운행이 잠시 중단되었다는 안내 방송이었다. 그러고 보니 아침 일찍 잠결에 4호선 당고개행 노선이 고장으로 운행이 중단되었으나 곧 복구된다는 라디오 방송을 어렴풋이 들었는데 깜박했다.

십오 분 가량 기다리는 동안 하행선 전철이 다음 역에서 회차하여 곧 운행될 것이라고 거듭 방송을 했다. 이런 상항인 줄 미리 알았으면 밖으로 나가 버스를 타고 갈 것을 괜히 시간만 버리고 기다렸다는 생각이 들었다. 그러나 이제는 어쩔 수 없이 전철을 기다리는 수밖에 없었다. 버스로 간다면 오히려 더 늦을 것 같았다.

몇 분이 더 지나서 도착한 지하철은 많은 승객들이 일제히 몰려 승차한 다음에도 한참을 기다리다 출발하였다. 시간은 마구 흘러 기차 출발 시간 안에 도착할 수 있을는지 마음이 조급해졌다. 호남선 시발역은 용산역이므로 서울역에 도착하여 1호선으로 환승하고 시계를 보니 십 분밖에 남지 않았다.

용산역에 도착하니 광주행 남행열차 새마을호의 출발 시간인 열 시 사십오 분이 다 되어 가고 있었다. 나는 지하철 승강장에서 에스컬레이터를 타고 지상으로 올라가서는 뛰어서 기차 개찰구를 통과해 다시 내려가 기차 승강장에 겨우 도착하였다. 열차는 출발하기 위해 이미 출입문을 모두 닫아 놓고 출발 신호를 기다리고 있는 상태였다.

나는 내 예약 좌석이 있는 차량을 향하여 손을 흔들며 온 힘을 다해 달렸다. 그렇게 마구 뛰는 모습을 기관사가 보았는지 열차 맨 마지막 차량에 도착하자 출입문이 슬며시 열렸다. 내가 출입문

계단으로 황급히 뛰어오르자 열차는 천천히 움직이기 시작하였다. 그렇게 급히 뛰어 승차한 순간이 삼십 초 정도였다. 열차에 오르자 기다렸다는 듯이 여 승무원이 가방을 받아 주며 "오늘 운이 좋으셨군요. 이렇게 시간이 지나 출발하기는 드문 일인데 용케 승차하셨습니다." 하며 생긋 웃었다. 얼마나 고맙고 다행이었는지 모른다.

시간에 쫓기어 허둥대기는 처음이었다. 언제나 약속 시간보다 여유 있게 시간을 잡아 행동에 옮겼던 나에게 오늘 일은 특별한 경우였다. 열차를 타고 내려가는 동안 차창 밖으로 보이는 산과 들의 모습을 보며 옛 추억을 되새겼다.

고교 시절 기차 통학을 할 때 주위의 산들은 모두가 벌거숭이였다. 6·25 한국전쟁 직후여서 산에 있는 나무들은 모조리 잘라 땔감으로 사용하였다. 그 당시의 연료는 나무뿐이었다.

달리는 열차 밖으로 보이는 소나무는 며칠 전 소복이 내린 하얀 눈으로 덮여 마치 하얀 꽃을 피운 듯 아름다웠다. 학창 시절 당시에 운행하던 열차는 증기기관차로 검은 연기와 하얀 수증기를 내뿜으며 기적 소리를 울리면서 많은 이야깃거리를 남기고 달렸다. 지금의 고속 열차는 빠른 속도로 달리기에 시간 단축은 되나 옛 열차에 비하여 아련한 낭만이나 추억거리가 없고 훈훈한 정이 없어 메마른 느낌이 든다. 그때 그 시절이 새삼 그리워진다.

나는 종착역까지 갔는데, 종착역을 향하여 달리는 동안 내 옆자리의 승객은 열차가 정거(停車)하는 역마다 바뀌었다. 각 역마다 빈자리를 찾아 매표를 하는지 종점에 도착하기까지 내 옆자리는 무려 여섯 번이나 승객이 바뀌었다.

오랜만에 기차를 타니 통학 시절 승차권도 없이 특급 열차를 몰래 타고 가다 승무원에게 발각되어 혼쭐났던 일이 생각났다. 토요일은 오전 수업만 했기 때문에 통학 열차 시간인 오후 여섯 시까지 기다려야 했다. 너무 지루하고 빨리 집에 가고 싶은 생각에 급우 세 명이 함께 오후 두 시에 서울에서 내려오는 특급 열차인 태극호(지금의 새마을호)를 타기 위해 이리역의 역사를 몰래 빠져나가 승차를 하였다. 집이 있는 정읍역까지 가는 동안 차표 검사를 하지 않을까 가슴이 콩닥콩닥 뛰었다. 겁을 먹고 바짝 긴장하고 있는데 승무원이 검표를 하여 우리는 꼼짝없이 무임승차로 걸렸다. 잘못했다고 빌고 사정을 하였으나 승무원은 학교에 연락해야 한다며 이름과 학년 반을 대라고 호통을 치며 모자까지 빼앗아 갔다. 그러나 우리는 빌고 빌어 승무원의 훈계를 듣고서야 용서를 받았다.

철없던 시절의 모험이 떠올라 차창 밖을 바라보며 한참동안 웃음을 지었다. 지금이라도 그 당시 무임승차했던 특급 열차의 운임을 철도청에 납부하고 싶은 생각이 간절하다. 옛 추억을 생각하는 사이 내 옆자리의 승객은 어느 역에서 내렸는지 또 빈자리가 되었다.

　열차는 용산역을 출발하여 무려 네 시간을 달려 종착역인 광주역에 도착했다. 역사 대합실로 나오니 형님이 마중을 나와 계셨다. 형님과 함께 역 부근 식당에서 늦은 점심을 먹고 부모님을 만나기 위하여 장조카가 사는 큰댁으로 향했다. 오늘이 바로 아버지 52주기와 어머니 42주기를 모시는 기일(忌日)이다. 부모님의 기일이 달라 따로따로 제사(祭祀)를 모셨으나 오늘날의 시대 흐름과 형편에 따라 십여 년 전부터 아버지의 기일에 어머니의 제사도 함께 지내는 합제(合祭)로 모시고 있다.

　오늘 아침 일찍 서둘러 서울을 출발해 광주에 도착하여 아버지, 어머니의 기일을 맞아 두 분의 영혼을 만나 뵈었다. 생전에 자식의 도리를 다하지 못하였던 내가 순간의 삼십 초의 기회를 놓쳐 버렸다면 일 년에 한 번 오시는 부모님을 뵙지 못하는 불효를 또 저지를 뻔하였다.

(2013. 1.)

개교 100주년을 맞은 모교를 찾아

졸업장을 들고 교문을 떠난 지 61년 만에 운동장에 들어섰다. 아름드리 은행나무가 노랗게 물들어 무척 아름다웠다. 구름 한 점 없는 높고 푸른 가을 하늘 밑 운동장에 만국기가 펄럭였다. 강당으로 사용하는 체육관 벽에는 "개교 100주년을 맞이하는 동문님의 방문을 환영합니다"라는 대형 현수막이 우리를 맞이하였다. 신나게 뛰어놀던 운동장은 좁아 보이고 교사(校舍)와 강당 등 모두가 새로운 건물로 바뀌어 지난날의 흔적을 찾아볼 수가 없었다.

모교가 올해로 개교 100주년을 맞았다. 우리는 개교 한 세기를 기념하는 자리에 참석하는 행운을 가졌다. 현재 인간의 수명으로 100주년을 기념하는 식에 참석한다는 것은 일생에 한 번밖에는 가질 수 없는 영광의 기회인 것이었다. 이런 기회를 놓치지 않기 위해 많은 동문들이 전국 각지에서 모교를 찾아왔다.

식전 행사로 모교의 전통과 위상을 높여 주는 기념탑 제막식을, 시장을 비롯하여 교육장 등 많은 내빈을 모시고 성대하게 거행하였다. 이 기념탑은 동문들의 성금으로, 모교 출신 조각가의 손에 의해 웅장하게 제작되었다. 한편 식장인 강당에서는 재학생들이 생기발랄한 율동과 체조로 분위기를 돋우었다.

기념식은 교기와 총동창회기가 입장하는 것으로 시작되었다. 교기는 내년 2월에 졸업하는 100회 졸업 예정자인 6학년 어린이 회장이, 총동창회기는 이날 100주년 개교 기념식에 참석한 동문 중 최고참인 31회 동문이 들고 입장하였다. 졸업 예정 재학생과 최고참 간에는 무려 69년이라는 세월의 간격이 있어 묘한 대조를 이루었다.

기념식을 마치고 동기동창과 함께 모교 주위를 살펴보았다. 61년의 세월이 흐르는 동안 학교는 전혀 다른 모습으로 바뀌어 있었다. 남아 있는 것은 교정 한 옆에서 지금까지 묵묵히 버텨 오고 있는 삼백여 년 된 은행나무뿐인 것 같았다. 그렇게 넓어 보였던 운동장이 지금은 좁아 보이고, 숨을 헐떡이며 오르던 '말고개'도 지금은 아주 낮아 보이며 별로 힘들이지 않고 오를 수 있다는 것이 신기할 뿐이었다.

6학년 때 공부했던 교실이 생각나 3층으로 올라가 보았다. 그때의 교실은 아니지만 마침 3층이 6학년 교실이었다. 내가 3반이었기에 6학년 3반 교실로 들어갔다. 담임인 여선생님이 반가이 맞아 주었다. 책상이 20개만 놓여 있어 반 전체 인원이 이십 명임을 알 수 있었다.

내가 다닐 때는 한 반 인원이 60명이 넘었고, 전교생이 이천 명이 넘었는데, 지금 전교생의 수는 사백오십 명으로 그 당시의 오분의 일에 불과했다. 여선생님은 학생 수가 너무 적어 걱정인데, 두 명의 학생이 타 지역으로 이사를 가 전학하게 되어 매우 아쉽다고 했다. 앞으로 우리나라 인구 문제가 심각한 수준에 달하고 취학하는 아동이 점점 감소되고 있어 장래가 걱정이 된다고도 하였다.

교실을 나와 운동장을 살펴보았다. 중앙 정원에 있는 검은 대리석에 교가(校歌)가 새겨진 탑이 눈에 띄었다. 탑에는 눈에 익은 선생님의 이름이 작사자로 새겨져 있었다. 그 선생님은 바로 내가 6학년 3반 때 담임선생님이었던 J 선생님이시다. 너무나 반가워 교가를 읽어 내려가는 동안 선생님 생각에 눈시울이 촉촉이 젖어 들었다.

성황산 품에 안겨 굳건히 자리 잡고

앞으로 바라보는 노령의 힘찬 줄기

정동의 높은 기상 푸르게 피어나니

영원히 빛나거라 정읍동초등학교

우리가 다닐 때는 교가가 없었으니 한 번도 불러보지 못한 노래였다. 선생님이 생존해 계신지 수소문해 보았으나 아는 사람이 없었다.

그동안 모교는 2만5천여 명의 졸업생을 배출하였다. 이들 중에는 사회의 각 분야에서 중책을 맡아 일하고 있는 사람도 있다. 특히 배드민턴 국가대표 선수로 10여 명이 뛰고 있는데, 이중 Y 선수는 지난 영국 올림픽대회에 출전하기도 하였다.

기념식장에는 동문 한 분이 감동적인 일을 하여 눈길을 끌었다. 이분은 모교 개교 100주년 기념행사에 맞추어 본인이 소장하고 있는 소나무와 단풍나무 분재 백여 분(盆)을 기념식장 주변에 전시하여 많은 동문과 내빈들이 관람하게 하였다. 거기에서 판매한 수익금 일천만 원을 모교의 결식아동과 가정 형편이 어려운 후배를 위하여 써 달라며 선뜻 모교에 기부하였다. 본인은 정작 변변한 집 한 칸 없이 월세방에서 생활하고 있다고 했다. 형편이 좋지 않아도 후배를 생각하는 마음이 존경스러웠다. 이런 동문이 있기에 재학생들은 '꿈과 사랑, 기쁨이 넘치는 행복한 학교'라는 교훈 아래 배우고 익혀 장래가 촉망되고 희망이 넘치는 인재들로 성장할 것이라 생각했다.

식후 행사로는 친환경 운동장 조성 공사 착공식을 가졌다. 학교와 총동창회가 주선하고 시청과 한국체육진흥공단의 후원으로, 배수가 잘 되고 능률적으로 사용할 수 있는 친환경 마사토 운동장으로 만들어질 것이다.

오랜만에 찾은 모교는 우리가 다닐 때와는 전혀 다른 학교로 변하였다. 앞으로도 변화를 거듭하며 또 한 세기 백 년을 향하여 끝없이 이어져 나갈 것이다.

(2013. 1.)

학창 시절의 추억

　J읍에서 중학교를 다니던 나는 이 지역보다 더 큰 도시에서 큰 꿈을 이루어 보겠다는 희망을 가졌다. 그래서 기차 통학을 할 수 있는 거리의 도시를 생각하여 이리시에 위치한 역사와 전통에 빛나는 I공업고등학교를 지원하였다.

　1955년 3월에 입학하고 1958년 2월에 졸업하여 14회 동문이 되었다. 입학할 때 우리 학교는 본관 2층 건물의 절반을 J대학교 공대에서 사용하고 있었다. 어찌하여 그랬는지 고등학생인 우리로서는 알 수가 없는 일이었다. 또한 우리는 입학하자마자 입학금과 함께 학교 신축비 납부서를 받아 어리둥절하기만 하였다. 6·25 한국전쟁을 겪은 후라 모든 국민이 생활하기에 매우 어려운 시기였다. 학생들은 멀쩡한 학교를 놔두고 왜 학교를 신축하느냐며 혹시 학교를 J대학교 공대에 빼앗기는 것은 아닌지 학교에 문의하기도 하였다.

그 당시 문교 당국의 실정은 정부가 임시 수도 부산에서 정무를 보면서 국립대학 설치법을 제정하여 전국의 도청 소재지에 국립 종합대학 설치령을 만들었다. 그러나 예산이 없는 정부는 우선 실업고등학교의 시설이 있는 학교를 종합대학 신축 건물이 준공될 때까지 같이 사용하도록 하여 J대학 공대와 농대는 시설이 잘 갖추어진 I공업고등학교와 I농림고등학교의 교사(校舍)와 시설의 절반을 사용하게 된 것이었다.

우리는 고교 삼 년을 J공대생과 한 울타리 한 건물 안에서 공부하고 졸업을 하였다. 우리가 졸업한 후 J공대는 1960년대에 C시 캠퍼스에 종합대학이 완성되어 이전을 하였다. 3년 동안 신축비를 내었지만 새로 건축한 학교에는 한 발자국도 디뎌 보지 못하고 건물 준공도 보지 못하고 졸업하였다. 우리가 졸업하고 몇 년이 지난 후 모교의 신축 교사가 준공되어 이전을 하였다.

고교 3년 동안 다니면서 여러 가지 일들을 겪었다. 입학식 때 계셨던 교장선생님이 1학년 2학기 때 다른 학교로 전근하시고 새로 부임한 교장선생님은 1년 재직하다 2학년 2학기 때 다른 학교로 가셨다. 새로 온 교장선생님은 우리가 입학할 때 계셨던 교장선생님으로 일 년 만에 다시 오셔서 우리들을 졸업시킨 젊고 의욕적인 L 교장선생님이셨다.

I시는 교육 도시이자 교통 중심지다. 남북으로 펼쳐진 호남선

을 비롯하여 동서로 갈라진 전라선과 군산선이 사방으로 뻗어 있어 철도 주변의 학생들이 통학 열차를 타고 I역으로 들어오면 완전히 학생들의 도시가 되기도 했다. 각 학교마다 그 지역 학생들이 많지 않아 한 개 노선의 열차가 연착되면 학생 수가 적어 수업에 지장을 받기도 하였다.

우리 학교는 공업계 고등학교인 만큼 전문 과목별로 총 6학급의 학생 사백여 명을 모집했다. 나는 화학과를 지망했다. 입학하는 날 담임선생님과 첫 상면을 하였다. 선생님은 몸이 마르고 깐깐한 인상을 가진 C 선생님이셨다. 아주 예민하고 한 번 기억하면 절대 잊지를 않는 선생님으로 입학 후 일주일 만에 우리 반 70명 전체의 이름을 출석부를 보지 않고도 번호순으로 모두 불러 놀라게 하셨다. 그러한 선생님은 우리 반을 졸업 때까지 삼 년 동안 연속 담임을 맡은 유별난 분이셨다.

우리 반은 삼 년간을 한 교실에서 공부하며 우정을 쌓았다. 그렇지만 1950년대 6·25 전쟁 직후라 가정마다 생활이 어려운 시기여서 수학여행을 다녀온 적이 없었다. 졸업할 때 앨범도 만들지 못하였다. 졸업생 전체가 교사 정면에서 찍은 흑백사진 한 장이 고작이었다. 우리 동기만이 수학여행을 가지 못하고 졸업 앨범도 없는 유일한 졸업생이었다.

학교에 다니면서 잊지 못할 추억은 점심시간에 도시락밥 먹는 재미였다. 통학생들은 새벽 기차를 타고 통학하기에 대부분 아침을 먹지 못하고 등교했다. 그러므로 배고픔을 참고 점심시간을 기다렸다. 그런데 셋째 시간이 체육 시간일 때 운동장에서 체육 수업을 마치고 교실에 들어와 도시락밥을 먹으려고 꺼내 보면 빈 도시락이 되어 있었다. 누가 몰래 도시락을 까먹어 버린 것이었다. 빈 도시락에 물까지 부어 놓아 교복까지 버릴 때도 있다. 장난치고는 심한 행동이었다. 점심밥을 도둑맞은 학생은 하루 종일 굶는 수밖에 별 도리가 없었다.

그때 학생들은 용돈을 가지고 다니지 않았다. 1950년대는 시골에 시내버스가 없었다. 모두 걸어서 다녔기에 교통비가 필요 없었다. 학용품이 필요해도 그 당시는 집에서 부모님이 미리 사다 놓고 챙겨 주셨기에 학생들은 용돈을 만질 기회가 거의 없었다. 그렇기에 통학생들은 통학 회수권 구입시 통학 구간을 줄이는 방법으로 용돈을 만들었다. 나의 경우는 2구간 거리인데 1구간 거리의 회수권을 구입하여 차액을 용돈으로 사용했다. 불법인 줄 알면서도 학생이었기에 이러한 모험을 해 본 것이었다. 지금 돌아보면 그때 한 행동이 너무 무모한 것이어서 부끄럽기만 하다.

3년의 고교 생활, 어려운 시절이어서 많은 혜택을 받으며 공부한 것 같지는 않다. 그러나 돌아보면 그 모든 것이 아련한 추억으로 다가온다. 가난했지만 행복한 시절이었다. (2013. 1.)

축령산 치유의 숲

내 고향 장성이 전국에서 공기가 가장 깨끗한 산촌 마을로 발표되었다. 장성호와 축령산의 편백나무 숲이 오염되지 않은 맑은 공기를 유지해 주기 때문이다. 축령산은 해발 621미터로 그리 높지도 낮지도 않은 산이나 편백나무가 산 전체의 44퍼센트, 삼나무가 25퍼센트를 차지하고 있다. 이 나무들이 뿜어내는 '피톤치드'에는 항균 물질이 있어 이 산을 '치유의 숲'이라고 부른다.

피톤치드는 식물을 의미하는 '피톤(phyton)'과 살균력을 의미하는 '치드(cide)'를 합성한 그리스어로, 살균 작용을 한다. 그래서일까, 축령산에는 모기와 날벌레, 진딧물 등 해충이 살지를 못한다.

편백나무 숲의 맑은 산소를 깊이 들이마시면 아토피가 치유되고 심장병과 대사증후군의 원인이 되는 혈압과 혈당을 떨어뜨린다는 연구 결과가 나와 있다. 피톤치드의 다양한 효과 중 우울증은 물론 고혈압, 비만, 골다공증 등을 유발할 수 있는 스트레스 호르몬 수치를 떨어뜨린다고도 한다. 그래서 축령산 '치유의 숲'에 찾아와 편백나무 숲 아래 돗자리를 깔고 누워 맑은 공기를 마시며 기적을 바라는 체험을 하는 말기 암 환자들이 많이 있다.

축령산은 한 사람의 노력과 희생정신으로 가꾸어졌다. 그는 조림왕으로 불린 독림가(篤林家) 춘원(春園) 임종국 선생이다. 선생은 1956년부터 이십 년간 596헥타르(ha)*에 253만 그루의 편백나무와 삼나무를 심었다. 1968년에 극심한 가뭄이 계속되어 자식 같은 묘목과 나무들이 말라 죽어가자 그는 직접 물지게를 지고 마을에서 산등성마루까지 올라가 묘목에 일일이 물을 주었다. 어깨가 물지게에 눌려 피투성이가 되었어도 고통을 참고 이겨 내며 정성을 다하였다. 이 숲은 그의 피와 땀의 결정체인 것이다. 처음에 마을 사람들은 그를 나무에 완전히 미친 사람으로 취급하였다. 그러나 인내심과 굳은 의지로 노력하는 그의 행동을 유심히 살핀 마을 어른들이 나무를 심는 것이 범상한 일이 아님을 알게 되었고, 차츰 마을 사람들도 동조하여 물지게로 물을 날라 도왔다고 한다.

그 후 경제적인 어려움으로 그는 가산이 탕진되고, 어렵게 조성한 편백림이 다른 사람 명의로 넘어가게 되었다. 무리한 벌목으로 황폐화될 위기에 처하자 산림청에서 인수하여 현재 국유림으로

관리하고 있다.

나무를 사랑한 춘원 임종국 선생은 인생의 마지막 순간에도 "나무를 더 심어야 한다. 나무를 심는 것이 나라를 사랑하는 길이다."라고 유언하였다. 죽어서도 자신이 조림한 편백나무 숲 속 한 그루 나무 밑에 수목장(樹木葬)으로 묻혀 고이 잠들어 있다. 울창하게 뻗어가는 편백나무를 보며 그의 영혼도 미소를 짓고 있을 것 같다.

축령산에서는 이 지역 면 청년회 주최로 매년 팔월 초에 산소 축제를 열어 전국의 많은 사람들에게 편백나무의 치유의 효과를 체험을 통하여 알리고 있다. 그리고 한 사람의 노력으로 인공 조림에 성공하여 세계적으로 유명한 조림의 사례를 직접 들으며 체험을 하고, 편백나무를 사용하여 즉석에서 공예품을 만들어 보기도 한다.

우리 집에도 축제장에서 가져온 편백나무 한 토막이 있다. 그것을 수반에 담아 방 안에 놓았는데 물이 증발하면서 피톤치드 향이 은은하게 올라와 상쾌하게 해준다. 실내 공기가 건조하지 않게 가습기 역할까지 하여 일석이조의 효과를 보고 있는 셈이다.

몇 년 전에 KBS 방송국 〈일요스페셜〉 프로에서 이곳 '축령산 치유의 숲'을 소재로 방영한 적이 있다. 시청자들의 호평 속에 많은 현대병 환자들이 한꺼번에 찾아가 치유의 체험을 통해 많은 효과를 보았다고 한다.

나무를 심는 것은 당대보다 후대를 위하는 일이다. 또한 애국을 심는 것이고 사랑과 희생, 봉사 정신을 심는 것이며 땀과 정직을 심는 일이기도 하다. 축령산이 있는 장성군은 우리나라 조림의 성지(聖地)라 해도 과언이 아닐 것이다.

우리나라는 전 국토의 65퍼센트가 산과 숲으로 되어 있다. 스웨덴의 숲 비율이 68퍼센트로 세계적인 산림국 1위인 데 비하면 우리나라도 세계적인 산림국으로 꼽힌다. 이렇게 훌륭한 산림을 가진 우리나라는 앞으로 전 국민이 관심을 갖고 전국 각지에 산림 휴양림을 만들어 신선하고 맑은 공기를 마실 수 있도록 한다면, 공해 없는 삶의 터전에서 몸과 마음을 다스리며 건강한 삶을 살아갈 수 있을 것이라고 믿는다.

축령산이 있는 내 고향 장성은 마음의 여유가 있고 인심이 좋은 농촌으로 귀농하는 사람이 많아 인구가 늘어나고 있다고 한다. 날이 갈수록 농촌 인구가 줄고 있는 것이 현실인데 반가운 일이 아닐 수 없다.

인생의 마지막 순간까지도 "나무를 사랑하고 한 그루라도 더 심어야 나라 사랑하는 길"이라고 외친 독립가 춘원 임종국 선생을 기억한다. 나무를 사랑하였던 그분의 물지게가 아니었다면 오늘날 축령산에 편백나무 '치유의 숲'이 이루어졌을까. 나무를 심는 일이 백년대계임을 다시금 느끼고 있다.

(2013. 2.)

아버지의 사랑

　눈보라 치는 동짓달 스무이렛날 아침, 고고성을 울리며 막내인 내가 태어났다. 아버지 연세 50세, 어머니 48세의 노산이었다. 50대의 부모님으로부터 늦게 태어났다 하여 집안에서는 나를 어려서부터 '쉰둥이'라고 불렀다. 또한 아들들 중에 다섯 번째여서 오동(五童)이라는 아명(兒名)도 얻었다.

　어머니는 노산으로 젖이 항상 부족하여 걱정이 많았다. 그래서 큰형님 댁의 장조카가 나보다 나이가 많으며 그 셋째 조카가 나와 동갑내기였는데, 나는 그 조카가 먹을 젖을 얻어먹었다. 그 당시는 분유 같은 것이 없었기에 미음을 끓여서 먹이기도 했다.

　집안 대소가에서는 막내아들 늦둥이를 보아 경사 났다고 법석이었지만 아무것도 모르는 나는 자라는 데 어머니와 함께 고생이 많았다. 부모님은 이 아이를 어떻게 키워야 할지 걱정이 앞을 가렸을 것이고, 늘 장래를 걱정하였을 것이다. 항상 젖이 부족한 상태에서 집에서 기르는 염소가 새끼를 낳자 젖이 풍부한 어미 염소의 젖을 짜서 먹였다고 했다. 그래서 나는 어렸을 적에 "염소가 너의 유모다."라고 놀림을 받기도 하였다.

아버지는 나를 무척이나 아끼고 사랑하셨다. 항상 인자하신 얼굴로 바라보시며 "너는 장차 커서 큰 인물이 될 것"이라고 격려를 아끼지 않으셨으며 한편으로는 엄하게 기르셨다.

다섯 살 때의 일이다. 아버지는 화초를 좋아하시고 화단을 잘 가꾸셨다. 사랑채 정원에는 많은 꽃들이 피어 있었는데, 나는 그 중에서 꽃망울이 크고 예쁜 목단 꽃이 갖고 싶어 한 송이를 꺾었다. 집안일 보는 분이 이를 지켜보고 아버지께 일러바쳤다. 나는 아버지 앞에 즉시 불려 가 회초리로 종아리를 맞고 훈계를 받았다. 아버지는 "아무리 그 꽃이 예쁘고 갖고 싶어도 꺾으면 다른 사람이 볼 수가 없지 않느냐? 다음에는 꺾지 말아라." 하고 조용히 타이르셨다. 눈감아 줄 수도 있는데 기어이 아버지께 일러바친 그분이 원망스럽기도 하였다. 아버지께 귀여움을 받으면서도 종아리를 맞은 가르침이 오늘날 내가 살아가는 데 큰 깨우침을 주고 있는 것 같다.

유년기를 지나 어느덧 학령기가 되어 면소재지 초등학교에 입학하였다. 나는 학교에 들어가서야 내 이름이 오동이가 아니라 욱(煜)이라는 것을 알았다. 다른 아이들은 모두 두 자 이름인데 나만 외자 이름이어서 아이들은 '욱'이 아닌 먹는 '묵'이라 부르며 놀렸다. 나는 아버지께 나도 다른 아이들과 같이 두 자 이름으로 바꾸어 달라고 떼를 썼다. 아버지가 법원에 개명 허가 신청을 하시어 항렬을 따서 지금의 이름으로 바꾸어 주셨다.

나는 초등학교를 세 군데 다녔다. 고향 면 소재지에 있는 학교에 입학하여 다니다 읍내에 있는 학교로 전학하였다. 그리고 해방 후 좌우 대립이 어수선한 시절이어서 숙부님이 사시는 정읍에 집을 사 놓고 이사를 하여 또 전학을 하였다.

바로 그 다음 해 6·25 한국전쟁이 났다. 그때가 초등학교 5학년이었다. 고향에서는 우리 집 전답에 농사를 짓던 사람들과 집에서 일하던 분들이 모두 자기 세상이 돌아왔다고 날뛰었다. 주인을 배척하고 반동분자로 몰아 가족을 잡아가는 등 인명 피해를 입히기 시작하였다. 3개월간의 공산 치하에서 큰형님이 잡혀가 학살을 당하셨고, 집안의 재산을 모두 몰수당하였다. 전쟁이 나기 직전 고향을 떠나 이사를 하였기에 부모님과 남은 형제들은 생명을 보전할 수 있었다. 참으로 아버지는 선견지명이 있는 분이셨다.

아버지는 막내인 나를 항상 안쓰러워하며 극진히 돌보셨다. 외출할 때면 언제나 데리고 다니셨다. 집안 어른이나 이웃 어른을 만나면 "이 어르신은 어떤 분이시니 인사드려라." 하고 말씀하셨다. 나는 그렇게 어렸을 때부터 아버지를 따라 다니며 여러 가지를 배워 나갔다.

그 당시는 가정에 전화가 없던 시절이어서 아버지는 집안 어른과 이웃 친지들에게 전할 일들이 있으면 일일이 붓으로 편지를 쓰셨다. 나는 그것들을 아침에 등교하기 전에 모두 전해 드리고 학교에 갔다.

어머니는 안쓰러운 마음에 막둥이를 생각하시어 한복을 손수 곱게 지어 주셨다. 6학년 때 유일하게 나 혼자서 한복을 입고 다닌 기억이 난다. 집에 돌아와 안 입겠다고 투정을 부리면 어머니는 "이 옷이 우리나라 전통 옷이니 곱게 입고 다녀라." 하며 타이르셨다. 한복을 입고 다니는 동안 학교에서 얻은 별명이 '새신랑'이었는데 제법 유명했었다.

아버지는 매년 이른 봄이면 고향에 가시어 일 년 동안 농사지을 계획을 세워 경작자와 계약을 하고 농사를 지으셨다. 가을이면 곡식을 거두어 들여 우리가 살고 있는 정읍에 있는 집으로 싣고 오셔서 양식이며 학비며 생활비를 충당하셨다. 고령인 아버지 혼자서 그 일을 감당하기에 너무 벅차고 힘겨운 일이라 무리를 하시다 몸이 많이 쇠약해지셨다. 어린 나였지만 그런 아버지를 뵙기가 죄송스럽고 걱정이 되었다.

고등학교 졸업 때 우리 집에서는 세 명이 대학을 다녀야 했다. 아버지를 잃은 장손과 바로 위 넷째 형과 나, 세 명의 대학 등록금 마련이 아버지에게는 너무나 무거운 짐이었다. 자연히 갓 입학하는 나는 등록금을 납부하지 못해 입학을 포기하게 되었다. 나는 홧김에 공군 입대 시험을 보아 합격이 되어 집안 식구들 몰래 혼자서 대전에 있는 공군기술교육단에 입대를 하였다.

무더위 속의 8월 한여름, 입대 후 1개월이 지나서였다. 땀을 뻘뻘 흘리며 열심히 훈련을 받고 있는데 중대장으로부터 호출이 왔다. 잘못한 것이 없는데 갑자기 호출을 하니 신병으로서 당황하였다. 중대장은 웃으며 아버지가 보내신 장문의 두루마리 한지에 붓글씨로 쓴 편지를 건네주었다. 편지는 구구절절 아들을 걱정하는 내용이었다. 몸이 약한 탓으로 이 무더위를 견디고 군복무를 할 수 있을지 걱정이라는 것과, 부모 몰래 혼자서 입대를 하였기에 연로(年老)한 아버지로서 아들의 얼굴 한 번 볼 수 있을지 걱정이라며 중대장님의 선처를 바란다는 호소문이었다.

편지를 검열한 중대장은 "부모님이 간곡히 요청하시어 특별히 3일간의 외박을 허가하니 아버지를 꼭 뵙고 오라."는 명령의 외박증을 발행해 주어 뜻하지 않은 외출로 아버지를 뵙고 무사히 귀대하였다.

엄격한 군대의 규율을 벗어나 외박을 허락하도록 중대장의 마음을 움직인 아버지의 자식 사랑이 놀랍고, 그 감격에 뜨거운 눈물이 쏟아졌다. 또한 아버지의 부탁을 흔쾌히 받아들인 중대장의 부하 사랑이 가슴 뭉클하게 했다.

아버지를 뵙고 온 후 열심히 군복무를 하던 중 그해 12월에 아버지가 돌아가셨다는 비보를 받았다. 중대장의 아량이 아니었다면 아버지를 뵙지도 못한 불효자식이 될 뻔하였다.

늦게 본 막내아들을 위하여 모든 것을 감싸 주며 사랑해 주셨던 아버지를 멀리하고 뛰쳐나왔던 불효를 무엇으로 씻어야 할까. 고향 선산에서 호수 속에 잠겨 버린 옛집을 바라보며 누워 계시는 부모님, 산소를 찾아뵐 적마다 사죄의 눈물이 흐른다. 고향을 지키고 계시는 아버지, 어머니의 사랑이 오늘따라 더욱 진하게 가슴을 울린다.

(2013. 5.)

빛을 나르는 성냥개비

    우리는 일상생활을 하는 데 불[火]과 밀접한 관계를 가지고 살아가고 있다. 불 없이는 한시라도 살아갈 수 없는 것이 우리 인간의 현실이다. 이러한 불을 손쉽게 사용할 수 있는 도구로 흔하게 볼 수 있는 것이 성냥갑 안에 들어 있는 성냥개비이다.

    원시 시대에는 나무를 마찰시켜 열을 내어 불씨를 얻어 냈다. 이러한 방법으로 사용하다 발전되어 사용한 것이 부싯돌이었다. 어렸을 적 시골에서 자랄 때 동네 어른들이 담배에 불을 붙이기 위해 쌈지에서 부싯돌을 꺼내어 서로 부딪쳐서 일어나는 불꽃을 쑥 또는 목화솜으로 받아 담뱃대에 붙여 빠끔빠끔 빨아대는 할아버지들을 보았다. 담배를 빨 때 지글거리는 소리가 들렸다. 그 소리는 담뱃대 속에 절어 있는 니코틴이 끓는 소리로 건강에 해로

운지도 모르고 피웠을 것이다.

그 다음으로 발전되어 나온 것이 성냥이다. 성냥이 나옴으로써 각 가정에서 편리하게 사용되는 필수품이 되었다. 성냥은 직장에서 점심시간에 식사를 마친 후 잠깐의 휴식을 위해 다방에 들어가면 좌석마다 많이 놓여 있었다. 지금은 금연의 장소로 지정되어 성냥이 없지만 그전에는 많은 애연가들이 뿜어내는 독한 담배연기를 마시고 기침을 하면서도 앉아 차를 마시던 시절이 있었다.

테이블 위에는 으레 성냥과 재떨이가 놓였고, 오랫동안 사람을 기다리며 성냥개비로 집을 짓기도 하고 거북선을 만들어 보기도 하는 이도 있었다. 다방을 나올 때는 선전용 성냥갑을 주기도 하여 항상 주머니에 넣고 다니다가 담배 피울 때 사용하기도 하였다. 불을 일으키는 도구인 성냥은 집안의 살림이 불처럼 훨훨 일어나라는 뜻으로 이사한 집 집들이에 최고의 선물이 되기도 했다. 그러던 것이 세월이 흘러 성냥 대신 라이터가 등장함으로써 성냥은 서서히 사라지기 시작했다.

불씨를 담은 성냥이 우리나라에 들어온 시기는 19세기 후반이었다. 1880년, 개화승인 이동인이라는 스님이 일본에 수신사로 파견된 김홍집과 함께 귀국할 때 성냥을 처음으로 국내에 들여와 소개했다. 그 후 1886년, 인천 제물포에 성냥 공장이 설립되면서 국내에서도 성냥을 자체 생산하게 되었다. 하지만 본격적으로 대

중화된 시기는 광복 후였다. 일제 강점기 때는 일본이 국내에서 성냥 생산을 독점하였고 성냥 가격이 비싸 일반인들은 쉽게 구입할 수 없었다. 해방 후 1947년에 다섯 개에 불과했던 공장이 1954년에는 137개로 증가하였다.

성냥은 일상생활에 필요하지 않은 곳이 없었다. 부엌에서 군불을 지필 때, 사랑방에서 남성들이 담배에 불을 붙일 때, 명절날 차례상이나 제삿날 제사상(祭祀床)의 초불을 붙일 때 편리하게 사용하였다. 성냥의 등장 그 자체만으로도 우리 생활 문화에 많은 변화를 일으켰고 일제에서 해방된 이후 성냥 산업의 성장으로 발화 도구로서 독보적인 자리매김까지 하였다.

성냥불을 처음 발견하게 된 것은 그 옛날 전쟁터에서였다. 군사들의 밥을 지어야 하고 난방도 해야 하는데 사방이 적의 군대에 포위되어 점화시킬 것이 없어 고민하였다. 그러던 중 어느 지혜로운 사람으로부터 비법을 알아내었다. 작은 소나무 막대를 만들어 유황을 묻힌 다음 그것을 화롯불 씨에 살짝 대니 불이 붙었다. 그것이 처음 성냥을 발명한 것이라고 한다. 신기한 그것을 처음에는 '빛을 나르는 노예'라는 뜻으로 '인광노(引光奴)'라고 불렀다. 그것이 상품화되면서 일본에서는 '화촌(火寸, 1촌 길이의 불 막대)'이라 부르다 후에 인촌(隣寸)이라는 이름을 붙였다.

우리나라에서 성냥 산업의 최고의 전성기 시절에는 지역별로 성업을 이루었다. 당시 성냥 산업이 얼마나 치열하였던지 각 공장마다 제품의 특색을 살리기 위하여 성냥개비 두약(頭藥)의 색상을 흰색, 검은색, 청색, 적색 등으로 입혀 색상의 광고 효과를 내기도 했다. 그리고 성냥갑의 모양을 원형, 사각형, 팔각형으로 변화를 주었다. 또한 휴대용으로, 애연가들의 호기심을 사기 위해 각양각색으로 디자인한 선전용 성냥을 손님들에게 서비스하기도 하였다.

한때 광고용 성냥이 유행하기도 했다. 다방, 음식점, 각각의 점포들은 성냥갑에 상호, 전화번호, 약도 등을 넣어 많은 사람들에게 개업 등을 알리기 위해 광고용 성냥을 대량으로 주문하였다. 무엇보다 광고용 성냥은 생산 단가가 저렴하고 다른 광고물에 비해 광고 효과가 아주 좋았다. 이러한 각각의 모양으로 만들어진 성냥갑은 그때 그 시절의 시대의 흐름을 반영하는 물품으로 수집가들의 애장품이 되기도 하였다. 나 자신도 모아진 성냥갑을 큰 상자에 가득 담아 보관하고 있다.

성냥개비 하나로 유명해진 것이 있다. 홍콩의 액션 배우 주윤발이 1980년대 홍콩 느와르 영화의 대표작인 ≪영웅본색≫에서 성냥개비를 입에 물고 나오는 장면을 본 젊은이들이 그의 모습을 따라 성냥개비를 입에 물고 다니며 멋을 내기도 하였다

이렇게 우리의 생필품으로 사용하던 성냥은 라이터, 보일러,

가스레인지 등이 들어옴으로써 난방과 취사 방식이 변하고 다양한 발화 도구들이 우리 가정에 보급되면서 우리 주변에서 서서히 사라져 갔다. 그러나 성냥은 단순히 불을 켜고 나르는 '인광노' 역할로서만이 아니라 일제 강점기를 거쳐 광복 후 새마을운동 그리고 현재 선진국에 진입하기까지 불씨로서의 힘이 컸다고 생각한다. 성냥은 우리의 근현대 생활상을 보여 주는 아주 중요한 역할을 담당한 한 역사의 증거물이라 하겠다.

성냥개비는 먼저 자신을 완전히 태워 불씨를 전달하고 재로 남는다. 촛불은 자신을 불태워 어둠을 밝힌다. 만물의 영장인 우리 인간들도 사회에서 자신을 희생하여 이웃을 도울 수 있는 살신성인의 정신으로 살았으면 한다.

(2013. 4.)

보고 싶은 어머니

어머니!

문안을 올린 지 얼마 만인지요. 무심한 막냇자식이어서 정말로 죄송합니다. 항상 인자하시고 온화하신 어머니를 뵈올 때면 나이도 상관없이 응석만 부리고 한없이 어머니의 품을 그리던 저였습니다. 저는 어머니만 옆에 계시면 어떠한 일이 있어도 마음이 든든하고 솜처럼 포근하고 부드러운 가슴이 되어 모든 일을 실수 없이 잘해 낼 수가 있었습니다. 어머니가 제 곁을 떠나고 안 계시니 언제나 마음 한구석이 쓸쓸하고 허전한데 어디 하소연할 곳도 없이 많은 세월이 흘렀습니다.

어머니 연세 48세에 저를 낳아 키우면서 모유가 모자라 매일 걱정하며 얼마나 애가 타셨습니까. 그 시절에는 분유가 없었기 때문에 죽을 끓여 밈을 만들어서 먹이기도 하고, 집에서 기르는 염소의 젖을 짜서 먹이기도 하며 고생이 많으셨다고 들었습니다. 제가 어렸을 적에 어머니께서 가끔 저에게 "너의 유모는 염소였다."라고 말씀하시던 기억이 납니다. 막내인 저를 어렵게 키우셔서 당당한 사회인으로 만들기까지 노고가 많으셨던 어머니의 그 크신 은공을 어찌 다 갚을 수 있겠습니까.

6·25 한국전쟁 당시 공산군 치하 삼 개월 동안에 고향의 살림을 모두 몰수당하고 가진 것 하나 없이 생명을 부지(扶支)한 것만도 다행으로 알고 객지인 정읍으로 떠나오셨지요. 갖은 고생을 하시면서도 저희를 인자하고도 엄하게 키운 어머니의 훌륭한 가르침 덕분에 초등학교와 중·고등학교를 잘 다닐 수 있었습니다. 고등학교는 조금 큰 도시에 있는 학교에 입학하여 정읍에서 이리까지 3년간을 기차로 통학하였습니다. 어머니는 눈이 오나 비바람이 부나 꼭두새벽 네 시면 일어나 아침을 준비하시고, 어떤 일이 있어도 아침밥을 꼭 먹이고 도시락까지 챙겨 기차 시간에 늦지 않게 정성을 다하여 통학을 시키셨습니다.

학교를 졸업하고 공군에 입대하여 군복무를 잘 마쳤습니다. 그리고 직장에 취직을 하고 결혼도 하여 안정된 가정을 꾸렸습니다. 그런데 무엇이 급하셨는지 저희가 신접살림을 차린 지 겨우 일년여 만에 어머니는 이 세상을 버리고 홀쩍 떠나셨습니다. 의지할 곳 없는 제 가슴은 찢어지는 듯 아프고 슬펐답니다.

막내인 저는 어렸을 때에는 부모님의 사랑과 귀여움을 독차지하여 좋았으나 일찍 부모님과 이별하는 고통이 따랐습니다. 자랄 때는 어머니 말씀을 듣지 않고 제멋대로 귀찮게 하여도 항상 아무렇지 않게 받아 주셨지요.

다섯 살 때까지 어머니의 빈 젖을 빨던 기억이 납니다. 어느 날, 어머니는 더 이상은 안 되겠다 싶으셨는지 비상수단으로 '금계랍(金鷄蠟)'*을 물에 타서 젖꼭지에 몰래 발라 놓으셨지요. 그것을 모르고 젖을 빨던 저는 얼마나 쓰던지 놀라 혼쭐이 나고 그 뒤로 다시는 젖을 먹지 않았던 기억이 지금도 생생합니다. 그 당시 어머니의 젖을 충분히 먹지 못하였기에 모유가 그리웠던 것이 아닌가 생각됩니다. 그때 저는 어머니가 무척 원망스러웠습니다. 귀여워만 해주시던 어머니가 갑자기 '이 자식을 버리려고 쓴 약을 바르시고 떼어 놓으려 하시는가.' 하는 생각이 들었습니다. 그러나 지금 생각해 보면 제가 자제력을 가질 수 있도록 버릇을 고쳐주셨던 어머니의 현명하신 판단이었습니다.

어머니 품에서 보살핌만 받았던 제가 처음으로 어머니를 정성 들여 보살펴 드린 적이 있습니다. 6·25 전쟁 통에 변변히 먹지도 못하고 지내던 시절, 어린 손주가 들에 나간 어미의 젖을 못 먹어 배고파 칭얼대며 울어 대자 어머니는 안쓰러운 마음에 보다 못해 당신의 빈 젖을 물리셨지요. 젖이 나오지 않아 손주가 당신의 유두를 물었을 때 얼마나 아프셨습니까.

몇 년이 지나 물렸던 그 자리에 상처가 심하여 유종이 생기고 진물이 계속 흘러 고생하셨는데, 제가 항생제 연고를 구하여 조석으로 하루 두 번씩 매일 소독과 치료를 해 드렸습니다. 그렇게 일 년이 넘게 하였더니 진물이 그치고 상처에 딱지가 생겨 꼬들꼬들한 상태가 되어 점점 나아졌습니다. 얼마나 고통스러우셨을까 생각하며 마음속으로 많이 울었던 기억이 생생합니다.

그때는 제가 군에서 제대한 후 시골집에서 쉬는 동안이어서 심혈을 기울여 치료해 드렸지만, 왜 병원에서 한 번도 치료받게 해 드리지 못했는지 못내 아쉽고 어머니를 더 고생시켰던 것이 죄송스럽습니다. 그러나 한편으로는 자식 된 도리로 사랑하는 어머니를 성심성의껏 치료하여 병원 치료를 받지 않았어도 완치된 것이 마음 한편에 흡족함으로 기억됩니다.

어머니에게는 상처의 흔적이 남았습니다. 진물이 흐르던 그 유두가 녹아 없어질 정도로 고통스러웠을 터인데 자식들이 걱정할까봐 아픈 기색 한 번 보이지 않으셨습니다. 어머니, 그 손자 녀석이 작년 8월에 다니던 여학교 교장직에서 정년퇴직을 하였습니다.

작년 동짓달 초엿샛날 아버지 기일에 장손인 조카 집에서 아버지와 어머니를 뵙고자 광주에 내려갔습니다. 그날이 아버지가 떠나신 지 53주년, 어머니가 떠나신 지 43주년 되는 해의 기일이어서 아버지, 어머니의 영정을 한자리에 나란히 모셔 놓고 뵈오니, 두 분이 한결 더 정답고 인자하신 모습이어서 좋았습니다.

어머니께서는 막내인 저를 항상 안쓰럽고 불쌍히 여기시어 마음 졸이셨지요. 어머니, 이젠 편안히 쉬십시오. 저는 삼 남매를 두었습니다. 어머니가 생존하셨다면 무척 귀여워해 주셨을 것입니다. 아내는 인자하신 시어머님을 잘 모시고 행복하게 살려는 소망을 갖고 있었습니다. 그런데 막내며느리의 따뜻한 보살핌을 한 번도 받아 보지 못하고 저희 곁을 떠나시어 많이 안타까워했습니다. 아이들도 할아버지, 할머니는 어떤 분이셨는지 물어볼 때가 많았습니다. 아이들은 모두 귀엽고 씩씩하게 잘 자랐습니다. 어머니의 기대에 어긋나지 않게 행동을 바르게 하는 훌륭한 어머니의 손주로 키웠습니다. 어머니께서 하늘나라에서 저희들을 항상 보살피고 염려해 주신 덕입니다.

이 못난 막내는 어머니 살아생전에 편안히 모시지 못한 것이 항상 송구스럽고 죄송스럽습니다. 이제 천국에서 아버지와 함께 편안히 계시며 저희들의 모습을 지켜봐 주십시오. 부모님의 자식답게 최선을 다하여 잘살겠습니다.

보고 싶은 어머니! 진정으로 사랑합니다.

언제나 잊지 못하는 어머니의 사랑이 오늘따라 더욱더 그립습니다. 어머니, 보고 싶습니다. 한결같은 마음과 넓으신 아량으로 감싸 주시던 우리 어머니! 이제 근심 걱정 다 놓으시고 하늘나라에서 평안히 계시옵소서. 이 막내아들 빌고 또 빕니다.

(2013. 9.)

* 금계랍(金鷄蠟) : '염산키니네'를 달리 이르는 말. 시골에서 학질에 걸렸을 때 먹는 약으로 쓴맛이 남.

어머니께서 보내신 편지

정 때문에

　우리 집에서는 하얀 털을 가진 말티즈 종류의 애완견 한 마리를 키웠다. 까만 눈동자의 맑은 눈으로 꼬리를 흔들며 뛰어 다니는 모습이 앙증맞게 귀여웠다. 나는 그 강아지를 처음 보는 순간 하얀 콧등에 까만 점이 하나 있어 '코돌이'라고 이름을 지었다.

　평소에 강아지 한 마리를 키웠으면 하던 차에 사위가 사무실 개업식 때 직원이 선물한 애완견 한 마리를 우리 집으로 가지고 와서 한 번 키워 보시겠느냐고 하기에 실내에서는 처음이지만 맡아서 키우기로 하였다. 말을 잘 알아듣고 뛰어 노는 것이 사랑스러워 보였다. 가장 뛰어난 것은 코돌이의 청각이었다. 가족의 발자국 소리를 모두 기억하는 것이었다. 외부인이 출입구에 들어서면 무섭게 짖어 대는데 우리 가족이 들어오는 소리에는 보이지 않는데도 꼬리만 흔들고 짖지 않았다. 참으로 신기한 일이었다.

코돌이는 저를 키워 주는 가족에게 정을 붙이고 절대 복종을 하였다. 대소변도 일정한 곳을 정하여 주니 그곳에서만 스스로 해결했다. 목욕을 시키면 그렇게 좋아할 수 없었다. 향기 나는 비누로 몸을 씻겨 주면 눈을 사르르 감으며 향냄새에 취한 듯 움직이지 않고 가만히 있어 웃음이 저절로 나오기도 했다.

그러나 실내에서 키우던 것을 옥상에 내놓고 키워야 했다. 큰딸이 친정으로 첫아이 해산을 하기 위해 왔기에 실내에서 강아지를 키우는 것이 새로 태어날 외손주에게 위생상 좋지 않을 것 같아 어쩔 수 없이 옮길 수밖에 없었다. 코돌이는 넓은 옥상에서 마음껏 뛰어다니며 노는 것이 좋은지 꼬리를 더 열심히 흔들어 댔다.

코돌이와 생활한 지 어느새 17년이란 세월이 흘러 정이 들대로 들었다. 코돌이는 말귀도 알아듣고 간단한 심부름도 했다. 옥상에 올라가면 얼마나 반가워하는지 바짓가랑이에 찰싹 달라붙어 매달렸다. 특히 외손녀는 코돌이와 같은 해에 태어나 나이가 같으니 잘 대해 주고 예뻐해 주라고 하면 즐거워 함박웃음을 지었다.

한때는 거두기가 귀찮아 다른 사람에게 보내려고도 하였으나 먹이를 주는 주인을 잘 따르며 애교를 부리는 코돌이와의 정 때문에 없으면 허전할 정도가 되었다. 그러나 오랫동안 키워 온 터라 노쇠하여 동작이 느려지고 앞이 잘 보이지 않는지 여기저기 부딪치기도 하여 눈을 살펴보니 백내장 증세가 있었다. 17살인 코돌이는 인간의 나이로 따져 본다면 90세가 넘는 노인에 해당된다고 했다.

어느 날, 사료를 주기 위하여 옥상에 올라갔는데 코돌이는 품에 안기지도 않고 힘이 빠져 있었다. 눈을 살펴보니 눈빛이 슬프게 보였다. 그것을 본 나도 눈물이 나왔다. 서로 마주 보는 동안 코돌이는 옥상 네 귀퉁이를 돌면서 하늘을 쳐다보며 세 번을 짖어 댔다. 내가 보기로는 울부짖음 같았다. 아마 몸에 이상이 생겨 생의 마지막을 하늘에 고하는 듯하였다. 탈이 난 코돌이를 안아서 따뜻한 물로 약을 먹이고 보금자리에 눕혀 따뜻하게 이불을 덮어 주고 편히 쉬게 해주었다.

다음 날 아침 사료를 주려고 옥상에 올라가 밥 먹으라고 불러도 코돌이는 아무런 반응이 없었다. 몸을 만져 보니 숨을 쉬지 않고 다리가 쭉 뻗어 있었다. 배가 따뜻한 것으로 보아 방금 숨을 거둔 것 같았다. 17년 동안 정을 주고 재롱을 부리던 코돌이가 불쌍하여 깨끗한 상자에 곱게 싸 넣어 장례 준비를 하고 동네 삼각산 아래 수녀원 뒷산 양지바른 곳에 묻어 주었다. 수녀원에서 이른 새벽과 저녁 늦게 흘러나오는 성가를 들으며 편히 잘 쉬라고 마지막 작별을 하고 집으로 왔다.

오랜 세월을 키우는 동안 털이 자주 빠지고 행동도 느리고 하니 이제는 그만 키우고 다른 곳으로 보내라고 일러 주는 사람이 많았다. 그러나 나는 그동안 키우며 정이 들어서 도저히 떼어 보낼 수가 없었다. 숨이 지는 날까지 너와 함께 하겠노라고 다짐하며 17년을 키워 왔다. 그리고 코돌이의 마지막 삶의 모습을 거두고 잘 보내 주었다.

그 후 이웃에서 다른 종류의 강아지를 키워 보라고 가지고 왔으나 거절하였다. 키우다 정이 들면 모진 결심을 하기가 너무 두려워 코돌이를 보낸 이후로 다시는 애완견을 키우지 않기로 마음먹었다.

(2015. 7.)

아내 백경자 씨의 중학생 시절

〈尊師愛弟〉 글 공모전 시상식장에서(딸과 외손자 염승제)

아내 백경자 씨(서울 미양초교 보건실)

토요 돌봄 교실의
아이들

명(明)과 암(暗)

　병원문 밖에서 수술을 받은 눈으로 주위 경치와 사물을 바라보았다. 새로운 세상을 보는 것 같아 깜짝 놀랐다. 색상이 선명하고 맑고 밝게 보여 전에 보던 모습과는 전혀 달랐다. 그래서 수술한 왼쪽 눈을 가리고 오른쪽 눈으로 바라보았더니 안개 낀 날씨처럼 부옇게 보였다. 일주일만 더 기다리면 양쪽 눈 모두 이렇게 깨끗하고 밝은 세상을 보겠지 하면서 기대를 하고 병원에서 준 안약을 지정된 시간에 맞추어 열심히 넣었다.

　어느 날, 아침 일찍 일어나 거실의 주방 쪽을 바라보니 부옇게 연기가 깔려 있는 듯이 보였다. 화재인 줄 알고 깜짝 놀라 아내를 불러 혹시 이른 새벽에 가스레인지에 불을 켰는지 물었으나 아내는 그러지 않았다고 하였다. 분명히 내 눈에 이상이 왔다는 생각이 들었다.

그 후 안과 검진을 받은 결과 백내장 시초라는 진단이 나왔다. 담당의는 인내심을 가지고 꾸준히 치료를 받으면 시력이 더 이상 떨어지지 않는다고 안심을 시키면서 2주 후에 여러 가지 정밀 검사를 받으라 하였다. 맑은 날씨인데도 전방이 안개 낀 것처럼 흐려 시야를 맑고 밝게 할 수는 없는지, 혹시 안경의 도수를 올려 사용하면 어떻겠는지 상의를 하였다. 담당의는 백내장은 안경 도수를 높여도 아무 효과가 없다고 하며, 지금은 수술할 단계가 아니니 시기가 돌아올 때를 기다릴 수밖에 없다고 하였다.

정밀 검사를 받은 후 2주에 한 번, 한 달에 한 번, 3개월에 한 번씩 검진을 받아 오다 6개월에 한 번씩 받고 기다린 지 9년째 되는 2013년 5월 어느 날이었다. 의사는 이젠 수술할 때가 되었으니 좌측 눈부터 먼저 하고 일주일 간격으로 나머지 눈을 수술할 것이니 준비를 하라고 하였다.

드디어 수술하는 날이 다가왔다. 아침 일찍 서둘러 아내와 함께 응급실에 도착하여 수속을 밟고 8층 안과 입원실로 올라갔다. 그런 다음 환자복으로 갈아입고 이동 침대에 누워 수술실로 들어갔다. 수술대 위에 누워서 천장을 바라보니 눈부시게 훤히 비추는 등불이 내 눈을 직선으로 비추고 있었다. 레지던트와 간호사들은 빠른 손동작으로 수술할 왼쪽 눈을 소독약으로 씻어 낸 다음 마취

약을 넣고 수술 준비를 끝낸 후 집도의를 기다렸다. 나는 마음이 초조하고 불안하였다.

집도의가 들어와 수술 전에 잠깐 인사 말씀을 하였다. "우리 대학 병원에서 수술하게 된 것을 환영합니다. 이 병원은 세계 어느 병원의 의술과 장비에 뒤지지 않으며 훌륭한 교수진이 시술을 하고 있으니 안심하셔도 됩니다." 하면서 나를 안심시켰다.

30여 분 만에 수술을 끝내고 "잘되었다"는 집도의의 말을 들으며 회복실로 나왔다. 그리고는 얼마 후 입원실로 돌아오니 아내가 기쁜 표정으로 반겨 주었다. 간호사는 다음 날 아침 7시 45분에 외래 진료실에서 검진을 받은 후 안대를 푼다는 설명을 하고 퇴원 수속을 밟아 주었다.

다음 날 아침, 외래 진료실에서 수술한 눈의 검진을 받았다. 안대를 풀고 시력을 검사해 본 결과 0.8이 나왔다. 정상이라고 하며 수술이 잘되었으니 눈을 보호하기 위해 자외선 차단용 선글라스와 도수 없는 안경을 쓰라고 권하였다.

일주일이 지난 후 오른쪽 눈도 수술을 하였고, 얼마 후 안대를 풀었다. 수술한 두 눈으로 사물을 바라보니 자연의 색상이 원색 그대로 그렇게 아름답고 깨끗할 수가 없었다.

집에 돌아와 텔레비전을 켜 보았다. 화면의 색상도 매우 선명하게 보였다. 컴퓨터 모니터도 켜 보았다. 인터넷의 화면도 선명하여 수술 전에 보던 것과는 전혀 달랐다. 또한 무심코 내 손등을 보고 깜짝 놀랐다. 주름살이 그렇게 굵고 확실하게 보일 수가 없었기 때문이었다. 수술 전에는 아무렇지 않게 보이던 손등이었다.

한편 집 옥상에 올라가 뒤편으로 병풍처럼 펼쳐진 삼각산(북한산의 다른 이름)을 바라보았다. 백운대 위의 파란 하늘과 주변에 곧게 뻗은 소나무들이 수술 전에 보았을 때와는 다르게 더 깨끗하고 아름다웠다. 새로운 세상을 보는 듯했다.

수술한 두 눈으로 사물을 바라보니 수술하기 전에 부옇게만 보이던 것이 명(明)과 암(暗)으로 뚜렷하게 구분되는 것을 느꼈다. 눈의 소중함을 새삼 깨달았다. 문득 종교계에서 활발히 펼치고 있는 시각 장애인을 위한 안구 기증 운동에 나도 동참해야겠다는 생각이 들었다.

(2013. 6.)

무임승차

시속 300 킬로미터를 달리는 KTX 고속 열차가 서울에서는 남쪽을 향해 남쪽에서는 서울을 향해 오늘도 수백 리를 달리고 있다. 차량을 이끄는 맨 앞 기관차와 맨 뒤 차량이 유선형으로 되어 풍속을 가르며 날아갈 듯 빠른 속도로 질주하는 긴 열차를 처음 본 순간, 우리나라에도 이런 열차가 있나 의아했다.

어릴 적 시골 역에서 내 키보다 더 큰 앞바퀴가 달린 기관차에서 시커먼 연기와 하얀 수증기를 내뿜고 기적을 울리며 칙칙폭폭 달리는 기차를 보았다. 나는 언제 타 볼 수 있을까 하며 기대와 호기심에 흠뻑 젖곤 했다.

초등학교 2학년 어느 날, 때마침 역 부근에 사는 반 짝꿍이 "우리 기차 타고 놀러 가자." 하는 권유에 타 보고 싶은 충동이 생겨나는 좋다고 따라나섰다. 기차를 한 번도 타 보지 않은 나는 어떻게 타는지도 모르고 차비도 없어 겁을 잔뜩 먹고 있었다.

친구는 걱정할 것 없이 자기만 따라서 하면 된다며 역 승강장으로 먼저 몰래 빠져나갔다. 그리고는 나를 보고 빨리 따라오라며 손짓을 하여 그의 뒤를 바짝 따라갔다. 목포에서 출발한 서울행 완행열차가 우리가 있는 장성역 플랫폼으로 들어왔다. 우리는 재빠르게 올라탔다. 기차는 곧바로 기적 소리를 내며 출발하였다. 처음 타 보는 기차이기에 신기하기만 하였다.

기차는 얼마를 달려 다음 역인 신흥역에 닿았고 우리는 얼른 내렸다. 역 주변에서 서성거리며 놀다가 서울에서 내려오는 목포행 완행열차가 도착하자마자 재빠르게 올라타고 장성역으로 돌아와 역사를 몰래 빠져나왔다. 겁도 없이 모험을 하고서 놀라 벌떡이는 가슴을 안고 집에 돌아왔다.

그런데 집안 식구들이 어떻게 알았는지 아버지께 일러바쳐 아버지 앞에 불려 나갔다. "어린 녀석이 겁도 없이 몰래 기차를 타고 다녔느냐?" 하고 물으셨다. "네." 하고 작은 목소리로 대답하자 아버지는 종아리를 걷으라 하고는 회초리로 세 대를 후려치셨다. 너무 무서워 "아버지! 잘못했습니다." 하고 잘못을 뉘우치니, 아버지는 "다시는 이런 위험한 짓을 하게 되면 더 혼날 것이니 조심해라." 하셨다. 그때 엉엉 울었던 기억이 생생하다.

나는 고등학교에 다니는 3년 동안 정읍역에서 교통의 중심지인 이리역까지 기차로 통학을 하였다. 어머니께서는 눈이 오나 비바람이 부나 새벽 4시면 어김없이 일어나 새벽밥을 지으셨다. 아침밥을 꼭 먹이고 도시락을 싸 주시는 어머니의 지극한 사랑과 정성에 나는 결석을 하고 싶어도 할 수가 없었다.

당시의 통학 열차는 객차가 없어 화물칸을 개조하여 창문을 내고 나무로 좌석을 만들어 운행하였다. 화차였기에 차량이 심하게 흔들리고 삐걱거렸을 뿐만 아니라 전등불도 희미하여 책을 보기가 어려웠다. 그나마 개조한 객차도 겨우 두 량뿐이고, 나머지는 화물을 싣는 화물칸이었다.

통학을 하면서 가장 힘들었던 때는 오전 수업만 하고 끝나는 토요일 오후였다. 통학생들은 오후 여섯 시에 출발하는 통학 열차 시간까지 기다려야 했기 때문이다. 일찍 집에 가고 싶어도 정해진 시간의 통학 열차만 타야 하기에 시간을 어떻게 보낼지가 늘 걱정이었다. 그래서 토요일 오후에는 어떻게 하면 집에 빨리 갈 수 있을까 하는 문제를 늘 숙제처럼 안고 지냈다.

어느 날, 친구와 함께 그 방법을 찾다가 모험을 하기로 했다. 서울에서 내려오는 특급열차인 태극호(지금의 새마을호)가 오후 2시에 이리역에 도착하니 그 열차를 타자는 것이었다. 우리는 역내 플랫폼으로 몰래 빠져나가 막 도착한 태극호 맨 뒤 칸에 올라탔다. 아침저녁으로 타고 다니는 통학 열차와는 달리 살며시 미끄러지듯

달리는 특급 열차가 좋게 느껴졌고, 비싼 열차는 다르다는 생각도 했다. 그러나 몰래 탄 열차이기에 가슴이 콩닥콩닥 뛰었다.

승차권 검사를 하면 꼼짝없이 걸리는데, 승무원이 앞 칸으로부터 검사를 해 오고 있었다. 우리는 맨 뒤 칸에 탔기에 숨을 곳이 없었다. 결국 무임승차로 걸리고 말았다. 학생이라 돈을 가지고 있지 않아 모자를 빼앗기고 승무원실로 불려갔다. 우리는 잘못을 반성하며 승무원에게 용서를 빌고 사정을 했다. 그러나 승무원은 학교로 연락하겠다며 학교와 학년 반 이름을 대라고 호통을 쳤다. 우리는 "다시는 규정된 시간 외 열차는 타지 않을 것이니 한 번만 봐 주세요." 하고 매달리며 사정했다. 승무원은 완강히 거부하였으나 한참을 깊이 생각하더니, 이번만은 용서를 해주겠으니 다음에 또 이런 일이 발생하면 학교에 통보하겠다며 모자를 돌려주었다. 살았다는 기쁨에 얼마나 고맙고 또 기뻤는지 모른다.

이렇게 나는 초등학교 2학년 때와 고등학교 1학년 때 일생에 두 번의 무임승차를 하였다. 비록 무임승차를 하고 아버지께 발각되어 호된 꾸지람을 듣고 종아리까지 맞았지만 어린 시절 기차에 대한 호기심에 처음 타 본 경험이 기억 속에 소중히 간직되어 있다.

초고속으로 달리는 열차를 타니, 어릴 적 탔던 증기기관차가 가슴속에서 느릿느릿 달려오며 기적 소리를 내고 있는 것만 같다.

(2013. 7.)

눈 덮인 관악산 산행

임진년 한 해가 서서히 저물어 가는 12월 9일 둘째 주 일요일, 우리 향우회의 165회 정기 산행 일이자 송년의 종산제 산행 일이다. 회원들은 영하 11도의 추위도 아랑곳하지 않고 어깨에 배낭을 메고 손에는 두꺼운 장갑을 끼고 낙성대역에 10시에 모두 모였다.

특별한 일이 없는 한 나도 아내와 함께 향우회 산악회에 참석한 지 십여 년이 넘었다. 내 고향 북상면은 장성댐으로 인해 면 전체가 수몰되어 면민이 전국 각지로 흩어져 더욱더 그리운 것이 고향 소식이다. 이 모임에 나가면 향우들의 소식을 들을 수 있어 되도록 산행 일에는 다른 약속을 잡지 않고 꼭 참석하려고 애쓴다.

오늘도 칼바람이 불고 코끝이 차가운 날이다. 향우회 산악회원들은 별이 떨어지는 것을 보고 태어나셨다는, 고려의 대장군으로 거란의 적군을 물리친 강감찬 장군의 동상이 세워진 낙성대 광장에 2차로 다시 모였다. 회원 모두가 완전 무장을 하고 등산화에는 아이젠을 끼우고 산악회장의 구령에 맞추어 몸 풀기를 하였다. 기본 체력을 갖추고 등산을 해야 안전한 산행을 할 수 있기 때문이었다.

광장에 덮인 하얀 눈을 바라보며 늠름한 기마상의 강감찬 장군을 배경 삼아 기념촬영을 하고 80여 명의 산악회원 모두가 오늘의 목적지인 관악산 국기봉을 향하여 힘찬 발걸음을 내디뎠다. 동장군이 무색하게 일행 모두가 관악산의 맑은 정기를 받으며 일렬로 오르기 시작하였다. 조금 뒤쪽에서 걷느라 선두가 보이지 않는데, 산길을 따라 외줄로 길게 줄지어 오르는 모습이 머리에 그려졌다.

눈 덮인 소나무 가지에는 눈꽃이 하얗게 피었고 나무를 스치는 가느다란 바람은 우리의 가슴속을 시원하게 했다. 맑고 신선한 공기를 마심으로써 폐를 깨끗이 씻어 내는 자연의 치유를 받은 듯했다. 춥다고 집에서 나오지 않은 향우들은 맑은 공기도 마시지 못하고 이렇게 멋지고 활기찬 기상도 느끼지 못했을 것이라 생각하니 안타까웠다.

향우회장을 비롯하여 산악회장, 그리고 연로하신 고령의 향우들 모두 젊은이 못지않게 한 사람도 낙오하지 않고 80명 전원이 두 시간의 산행을 무사히 마쳤다. 산 아래 도착하여 모두 아이젠을 풀고 나니 한결 발걸음이 가벼워졌다.

오후 1시 정각에 음식점에 도착했다. 향긋한 약주로 임진년을 마감하고 계사년을 맞이하는 향우회장의 건배사가 있은 후 오리 고기로 맛있는 점심 식사를 하였다. 식사를 하는 동안 향우회원들은 향우이신 '한국산삼진흥원' 회장으로부터 집게손가락만 한 산삼 한 뿌리씩을 선물로 받았다. 또한 국악인이며 남면의 여성회장이신 심 명창은 동료 국악인 네 분을 모시고 와 멋들어진 우리의 창을 부르고 두 명의 어우동과 신랑신부 의상을 차려입고 창을 하고 춤을 추며 흥을 돋웠다. 향우들도 다 같이 일어나 더덩실 춤을 추며 분위기를 한층 멋지게 이끌었다.

이로써 우리 장성향우회산악회 종산제를 마감하였다. 예술의 전당에서나 관람할 수 있는 귀한 공연으로 향우들을 위해 봉사해 주어 모두 기쁘고 감사한 마음으로 모임을 마무리하였다.

눈 덮인 관악산을 점령한 임진년의 종산제였다. 돌아오는 계사년은 좀 더 활기차고 희망찬 '장성향우회'가 될 것을 약속하고 아쉬운 마음으로 헤어졌다.

위대한 우리 장성향우회산악회 파이팅!

(2013. 1.)

훈육 주임 호랑이 선생님

　스승과 제자 사이는 가깝고도 먼 사이이고 어렵고도 친한 사이이기도 하다. 나는 우리나라에서 처음으로 1953년에 실시한 중학교 입시 제도인 '연합고사'를 치렀다. 그리고 정읍의 H중학교에 지원하여 합격하였다. 이 학교는 초산 기슭 아래 자리 잡은 사립학교로, 교사(校舍)는 판자를 붙여 지은 목조건물이었다. 교실의 천장은 마대에 흰 페인트칠을 한 마대 천장 판을 엮어 붙였다. 여름철이면 불개미가 떨어져 공부 시간에 졸고 있는 학생은 여지없이 목덜미를 따끔하게 물렸다. 환경은 매우 열악했지만, 교실에서 공부하는 우리들은 그래도 즐겁기만 했다.

　53년 전, 그때의 일을 더듬어 본다. 2학년 중간고사 때의 일이었을 것이다. 학생들은 어느 선생님이 자기 반 시험 감독을 하시나 궁금했다. 모두 순하고 좋은 선생님이 감독으로 오셨으면 하는 소망을 가지고 있었다. 그래서 첫 시간 시험이 끝나자 다음 시간에 어떤 선생님이 감독으로 들어오실까 알아보려고 교무실 창문 앞으로 몰려들었다. 교무실 한쪽 흑판에는 각 반 시험 시간표에 감독 선생님의 이름이 조그맣게 적혀 있었다. 우리 반 친구들도 쉬는 시간을 이용하여 그것을 보려고 교무실로 향했다. 교무실 창문틀에 매달려 안쪽을 들여다보려고 애썼다.

내가 한쪽 손으로 햇빛을 가려 가며 안간힘을 다해 시험 감독 선생님을 확인하고 있는 순간이었다. 누가 내 어깨를 톡톡 두드렸다. 나는 아랑곳하지 않고 교무실에 있는 흑판을 뚫어지게 바라보고 있었다. 그런데 또 다시 어깨를 톡톡 두드렸다. 나는 뒤돌아보지도 않고 "어떤 ××이 건드려!" 하고 소리를 질렀다. 창틀에 매달린 채 눈은 더 열심히 흑판을 바라보고 있었다.

그런데 어찌된 일인지 같이 매달렸던 친구들이 보이지 않았다. 이상한 느낌이 들어 뒤돌아보는 순간, 나는 기절할 뻔하였다. 어깨를 두드린 사람은 호랑이같이 무서운 훈육 주임 선생님이 아닌가. 나는 창틀에서 힘없이 내려와 어쩔 줄 모르고 가만히 있었다. 호랑이 선생님은 아무 말씀도 없이 나를 바라보고 계셨다. 그때 마침 두 번째 시간을 알리는 종이 울렸다. 나는 걸음아 날 살려라 하고 쏜살같이 교실로 뛰어 들어갔다. 얼마나 놀라고 무서웠던지

콩닥콩닥 뛰는 가슴이 멈추질 않았다.

그날 시험이 네 시간이나 되었는데, 큰 죄를 지은 나는 시험을 다 마칠 때까지 가슴이 두근거리고 아무 생각도 할 수 없었다. 시험을 어떻게 보았는지 기억도 나지 않았다. 학교에서 훈육 주임 선생님은 학생들에게 가장 무서운 존재였다. 그 선생님 앞에서는 벌벌 떨게 되니 학생들은 고양이 앞의 쥐와 같았다. 그런 호랑이 같은 훈육 주임 선생님께 욕설을 하였으니 벌 받는 것은 당연했다. 생각할수록 두렵고 걱정되어 정신을 가다듬을 수가 없었다. 교무실에 불려 가 꾸중을 듣는 것은 문제가 아니었다. 만약 정학을 시킨다면 어려운 형편에 학교에 보내 주신 부모님께 어떻게 말씀드려야 할까, 그것이 더 큰 문제였던 것이다.

종례 시간에 담임선생님이 교무실로 오라고 말씀하실 것 같아 떨고 있었다. 그러나 선생님은 아무런 말씀이 없으셨다. 마음이 조금 놓였으나 가슴 한구석은 괴로웠다. 어떻게 할까, 그냥 집으로 갈까, 아니면 훈육 주임 선생님을 찾아뵙고 사죄를 할까, 고민에 싸였다. 찾아뵙고 사과를 하자니 두렵고, 그냥 집으로 가자니 다음 날 호출할까 더 두려웠다. 어차피 두려운 것은 마찬가지니 선생님을 찾아뵙고 사죄하는 것이 도리라고 생각했다.

수업이 끝난 후 마음을 가다듬고 어깨가 축 처진 채 교무실로 훈육 주임 선생님을 찾아갔다. 선생님 앞에 무릎을 꿇고, "선생님, 정말 잘못했습니다. 저는 선생님이신 줄도 모르고, 우리 반 친구들인 줄만 알고 그런 행동을 했습니다. 정말 죽을죄를 졌습니다." 하고 용서를 빌었다. 얼굴을 들지 못하고 교무실 바닥만 보며 어찌할 바를 모르고 있는 나에게 선생님은 "나를 보아라." 하며 내 머리를 쓰다듬으셨다. 얼굴을 들어 선생님을 보는 순간 나는 눈물이 쏟아졌다.

그때 선생님의 얼굴이 그렇게 인자해 보일 수가 없었다. 호랑이같은 훈육 주임 선생님의 얼굴이 아니었다. "괜찮다, 모르고 한 일인데 그럴 수도 있지." 하시며 너그럽고 인자하게 웃으셨다. 그리고 "얼마나 마음고생이 많았느냐. 너 오늘 그냥 갔더라면 정말 내일 너를 불러 혼을 내 주려 했었다. 그러나 스스로 깨닫고 이렇게 찾아와 선생님께 용서를 청하니 없던 일로 하겠다." 하며 환히 웃으셨다.

훈육 주임 선생님이기에 호랑이같이 무서운 줄로만 알았는데 그렇게 인자하고 너그러운 분인 줄을 미처 몰랐다. 그렇기에 선생님의 사랑이 더 크게 느껴지고 많은 세월이 흐른 지금도 그 은덕을 잊을 수가 없다.

선생님은 훌륭하신 인품으로 많은 학생들이 따르므로 그 후에 모교 교장과 고등학교 교장으로 승진하여 많은 인재를 길러 내고 모교 발전에 크게 기여하셨다. 오래 전에 세상을 떠나 이제는 계시지 않은 선생님, 선생님의 가르침을 되새기며 은혜에 보답하기 위해 더욱더 열심히 노력하고 살아야 할 것이다.

(2006. 10.)

노후의 보람된 삶

우리나라 인구의 평균 수명이 80세를 넘어서 머지않아 100세
가 되는 시대를 곧 맞이하게 된다. 60세 연령대에 정년퇴직하는
직장인들은 앞으로 노후에 대한 두려움과 걱정이 많을 것이다.

우리나라는 이에 대비하여 1988년에 국민연금제도를 도입하였
다. 매월 소득세를 납부하는 모든 봉급자는 물론 자영업자 또는
일반 국민들도 지역 가입을 통해 연금액을 납부하고, 규정된 연금
수령 연령이 되면 납부한 연금액의 비율에 따라 그때부터 매월
연금 수령을 하게 되어 노후를 보장할 수 있는 제도이다.

나는 지금으로부터 25년 전 직장에 근무하고 있을 때 처음 시행
된 국민연금에 가입하였다. 그리고 정년퇴직할 때까지 매월 일정
의 금액이 급여에서 공제되어 연금으로 납부되었다. 회사의 규정

에 의해 정년퇴직 때까지 납부되고 퇴직 후에는 지역 연금공단에 임의 가입하여 회사에서 부담했던 금액까지 자비 부담으로 납부하였다. 그래서 당시에 연금 지급 연령을 만 60세로 정했기에 만 60세가 되던 해부터 지금까지 매월 25일이면 일정의 연금액이 통장으로 입금되고 있다. 이것이 퇴직 후 연금으로 받는 나의 월 급여이다.

처음에는 매월 급여에서 공제되는 국민연금 금액을 보고 깜짝 놀랐다. 박봉에서 의료보험, 산재보험, 여기에 새로운 국민연금까지 공제되면 월급자로서 많은 부담이 되어 생활에 지장을 받기 때문이었다. 월급봉투를 받아 들 때마다 언제 만기가 되어 연금을 수령할지 모르는 상황에서 몇 십 년 동안 국가에 투자한다는 것이 너무도 아득하기에 불평이 많았다.

국민연금은 국민이 일정한 연령이 되어 소득이 있으면 의무로 가입하는 사회보험제도이기 때문에 국민의 노후 대비를 위해 정부가 보장하는 연금보험이다. 우리 국민들이 연금이나 보험을 기피하는 현상이 많은데, 우리 부모님들이 일제 강점기에 강제적으로 보험에 들었다가 일본이 패망하고 해방이 된 후에 일본으로부터 그 원금마저 한 푼도 받지 못한 쓰라린 과거가 있어 보험이라면 믿을 수 없는 것으로 인식하여 더욱 반대를 하는 것이 아닐까 하는 생각이 든다.

우리 정부는 일본과의 꾸준한 협상을 통하여 대일 청구권으로 보상금이 나오긴 하였다. 그렇지만 그 당시의 보험증서를 보관하고 있는 사람들이 몇 명이나 되며, 그 혜택을 받은 사람이 과연 몇 명이나 있었을까. 이런 과거를 가진 부모님들 밑에서 자란 우리들도 그 영향이 무의식중에 기억되어 보험이나 연금을 기피하는 경향이 많았다.

일제로부터 광복된 지 68년이 된 지금 모든 사회보험보장제도가 마련되어 국민 모두가 신뢰하는 국민연금제도의 필요성을 느끼고 있다. 어느 경제신문의 보도에 의하면 젊은 세대인 20대에서 30대의 절반 이상이 국민연금이 필요하지 않다고 생각하는 반면, 50대에서 60대는 62프로가 필요성을 느낀다고 했다. 세대 간의 차이를 극명하게 보여 주고 있는데 노후의 생활 대책이 시급함을 나타내고 있다 하겠다.

나는 연금액을 납부할 당시에는 급여액이 줄어들어 생활에 어려움을 느껴 싫어했다. 그런데 퇴직하고 노령이 되니 국민연금의 필요성을 절실히 느끼게 되었다. 만약 그때 국민연금을 회피하고 가입하지 않았다면 자식들에게 매월 용돈을 달라고 손을 내밀며 눈치를 볼 것이 뻔하다. 그러면 자식들도 마음이 편하지는 않을 것이다.

그러나 지금 당당히 국민연금을 매월 받고 있다. 그렇기에 나에게 필요한 용돈은 물론 손주들에게 용돈을 주며 필요한 학용품을 사서 쓰라고 하면 얼마나 기뻐하는지 "할아버지, 감사합니다." 하며 두 손으로 공손히 받는다. 또한 아내에게 생일이나 특별한 날에 조그마한 선물을 건네면 아내는 미소를 지으며 손을 잡아준다. 그리고 한 잔의 와인을 나누며 지난날을 회상하는 행복을 느끼면서 노후를 즐기고 있다. 이 모두가 국민연금제도 덕분이다.

지금은 대부분의 국민들이 국민연금에 가입하여 노후 생활에 대비하고 있다. 수령액이 많이 부족할 거라고는 하지만 그래도 많은 도움이 되리라 생각한다. 정부에서도 이 제도를 착실히 잘 운영하여 국민들이 피해를 보는 일이 없도록 해야 할 것이다.

우리 인간의 평균 수명이 곧 100세를 바라보고 있다. 젊어서 연금에 가입하여 연금액을 내면서 열심히 일하고, 나이 들어서는 건강하고 활기찬 생활을 할 수 있도록 노력하면서 국민연금도 매월 받는다면 큰 걱정 없이 안정되고 보람된 노후의 삶을 살 수 있으리라 생각한다.

(2013. 7.)

휴식과 건강

    국어사전에 '휴식(休息)'은 명사로 '하던 일을 멈추고 잠깐 쉼'이라고 풀이되어 있다. 나는 정들었던 직장을 34년 만에 정년(停年)이란 두 글자 앞에 모든 것을 고스란히 접어 두고 떠나와야 했다.

    이젠 나에게도 휴식을 취하는 시간이 왔구나 하는 착잡한 심정으로 집에서 조용히 쉬고 있었다. 막상 매일 출근하던 회사를 그만두니 지나간 34년여의 회사 생활들이 주마등처럼 스쳐 가며 아롱거림에 답답한 마음 이루 말할 수 없는 상태였다.

    낮에 대문 밖에 나가면 주위 사람들이 모두 나만 쳐다보는 것 같아 시선이 두려웠고 사람 만나기가 싫어졌다. 나만의 느낌이었을까. 분명히 환경의 변화였다. 직장 없이 놀고 있다는 것이 이렇게 어렵고 두려움이 앞서는 것을 몸으로 느꼈다. 그래도 나는 정년까지 모두 채우고 나왔으니 하고 안도하는 마음이 한편으로 들기도 했다. 그리고 이제는 나도 건강을 위해 휴식을 취해야겠다는 자만심을 가져보기도 하였다.

그러나 현실은 그렇지가 않았다. 가만히 놀고만 있을 수가 없었다. 남는 시간을 이용해 일해 보려고 여러 곳에 서류를 내보았다. 그러나 선뜻 받아 주는 곳은 한 곳도 없었다. 나이가 많다는 것이 첫째 이유였다. 아직도 내 마음은 충분히 일할 수 있는 능력이 있다고 자부하나 그런 마음을 알아주는 곳은 한 군데도 없었다.

퇴직 후, 대부분의 시간을 등산하는 것으로 보냈다. 아침이면 일찍 일어나 삼각산 정상으로 올라가 심호흡을 하며 몸과 마음을 가다듬고, 약수터에 들러 약수를 한 모금 마시면 몸의 피로가 확 가시는 듯 시원했다. 그러다가 어느 날 같이 다니던 친구와 함께 규칙적인 운동과 생활을 하기 위해 동네에 있는 시립 복지관을 찾아가 등록을 했다. 60세 이상의 서울 시민이면 누구나 가입하여 이용할 수 있는 곳이었다. 강당에서 매일 실시하는 맷돌체조는 전신을 풀어 주는 기본 동작인 맨손 체조와 같은 운동으로 따라 하기 좋았다. 한편 일주일에 두 번 하는 단전호흡을 배우며 심신을 단련시켰다.

노년기에 들어 있는 우리들은 충분한 휴식으로 건강을 유지하기 위해 건강 습관을 익히는 것이 중요하므로 이를 실천하기 위하여 나름대로 원칙을 세워 보았다.

첫째는 먼저 건강한 체력을 위해 식생활을 규칙적으로 하여 균

형 있는 영양을 섭취하고 내 자신에 맞는 기본적인 운동을 꼭 실시한다. 둘째는 우리 몸에 백해무익한 흡연은 절대로 삼간다. 셋째는 건강하려면 스트레스 해소법을 습득해야 한다. 정신적으로 집중할 수 있는 서예나 그림 등 취미 생활을 하면서 적절한 휴식을 취한다. 넷째는 음악 감상, 독서와 영화를 통해 정서를 함양하여 지적인 생활 태도로 바꾼다. 다섯째는 인생의 목표를 설정한다. 노년기의 삶은 여생이 아니고 제2의 인생이니 새롭고 즐겁게 생활해야 한다. 여섯째는 부부 관계, 자녀 관계, 인간 관계를 잘 유지한다. 표현은 구체적이되 간결하게 하고, 감정에 치우치지 않도록 객관적 사실로 대응하여 바르게 말한다.

이러한 생활신조로 행동한다면 노년의 삶을 멋지고 건강하게 유지할 수 있을 것이다. 인생 전반전의 생활은 어떠했는지 반성해 보고, 인생 후반전의 계획을 수립하여 앞으로 어떻게 살아야 할지 전략을 세우고 용기와 지혜를 발휘하여 적당히 휴식하면서 건강을 찾아야 하리라.

쉼 없이 지나가는 시간, 먼저 봉사와 나눔의 전략을 세워 실천해 보고자 한다. 그러면 마음에 기쁨과 행복이 넘쳐 날 것이다. 그런 생활로 내 후반기의 삶을 채운다면 퇴직 후의 휴식은 보약이 되어 몸과 마음을 건강하게 지켜 주리라 생각한다.

(2013. 11.)

틈새

　한겨울, 문 틈새로 바람이 들어오면 '황소바람'이 들어온다고 했다. 오늘날 우리의 주택 구조는 시멘트와 철근으로 엮은 콘크리트의 아파트 건물로 이중으로 된 알루미늄 창문을 하고 보일러로 난방을 하여 문 틈새로 바람이 잘 들어오지 않는다. 그러나 5, 60년 전만 해도 우리 어렸을 때와 부모님 세대의 주택은 거의 다 목재와 황토벽으로 지은 한옥이었다. 문짝 역시 유리가 아닌 창호지를 붙여 사용하였기에 문짝의 틈새로 바람이 많이 들어왔다. 그 바람을 바로 '황소바람'이라고 한 것이었다.

　겨울밤에는 잠잘 때 문가에서 자는 사람은 황소바람 때문에 귀가 시릴 정도였다. 또한 그 틈새로 들어오는 바람 소리는 고음으로, 성악가의 소프라노 소리는 비할 바가 아니었다. 그만큼 문 틈새의 바람은 매우 세차며 밤새도록 들어와 감기 걸리기가 십상이어서 항상 조심해야 했다.

6·25 한국전쟁 이후 어려운 생활로 온 가족이 한방에서 살았는데 문가에서 서로 자지 않으려고 다투기도 하였다. 어른들은 그런 틈새 바람을 막기 위하여 한지를 말아서 창문 틈새에 끼우기도 하였다.

그런데 나는 어렸을 때 자라면서 보아 왔던 황토 속에 볏짚을 잘라 넣어 혼합된 흙을 바른 한옥집이 그리워진다. 그런 황토 집은 우리 몸에 잔병이 없고 아토피 등 피부병도 생기지 않는다고 한다.

지금의 주택은 대부분 성냥갑을 세워 놓은 것 같은 콘크리트로 건축한 아파트이다. 이웃 간의 왕래도 없고 옆집에 누가 살고 있는지도 모르는 메마른 세상이 되었다. 그러다 보니 한 지붕 밑에 살면서도 정을 느낄 수가 없다.

며칠 전 한국문학관협회에서 충북 옥천에 있는 정지용 시인의 생가와 문학관을 탐방하였다. 새로 지은 전시관에서 그분의 생애와 시 문학 활동을 돌아보고 생전에 사셨던 초가 한옥도 둘러보았다. 평범한 초가삼간의 황토벽을 보았을 때 어렸을 때 자라면서 생활하였던 고향 집이 떠올랐다. 어렸을 때 문 틈새로 들어오던 황소바람이 초가집을 보는 순간 온몸으로 스며드는 듯했다.

가난과 추위로 살기 어려운 때였지만, 형제들이 아옹다옹하며 살 부비며 살던 그때가 좋았다는 생각이 드는 이유는 무엇일까. 문명의 발달로 부족한 것이 없는 요즘 세상에서….

(2008. 10.)

토요 돌봄 교실의 아이들

글을 쓰느라 원고 정리를 하는데 아내가 얼굴에 미소를 지으며 나를 급히 불렀다. "여보! 오늘 학교에서 다음 토요일부터 나와 달라고 전화가 왔어요." 하며 즐거운 표정이었다. 무슨 일이냐고 물으니 토요일만 아이들을 지도하고 돌보아 주는 일이라고 했다.

아내는 2005년에 40여 년간 근무했던 교정을 뒤로하고 정년퇴직이란 네 글자로 학교생활을 마감하였다. 퇴직 후 여러 모임, 단체에서 자원봉사를 하고, 그동안 하지 못했던 취미 생활과 운동을 하면서 사회에 조금이나마 보탬이 되는 일을 하고자 찾고 있었다.

그러던 중 B학교로부터 토요 돌봄 교실을 맡아 달라는 요청이 있어 서류를 제출했다고 하기에 잘하였다고 용기를 주었다. 그동안 아내는 C초등학교에서 3년간 배움터 지킴이 교사로 봉사를 한

경력이 있다. 그 후 배움터 지킴이 교사는 학교 보안관 제도로 바뀌면서 그만두게 되었다.

아내는 토요 돌봄 교실에 첫 출근하여 현황을 파악하니 1, 2학년 학생 10여 명이 대상 학생이라고 했다. 주로 부모가 직장에 나가고 혼자 집에서 놀고 있는 어린이들이었다. 결손가정이나 다문화 가정의 아이들은 대부분 휴일에도 부모와 함께할 수 없는 가정 형편이라고 했다.

아내는 어린이들이 아침 8시부터 오후 1시까지 공부하며 자유롭게 놀기도 하고 활동하도록 지도를 한다. 그런데 점심시간이 되었는데 도시락을 가지고 온 학생이 한 사람도 없었다. 아내는 혼자서 먹을 수 없어 같이 먹자고 했으나 아이들은 하나뿐인 선생님 도시락을 쳐다만 볼 뿐 아무도 먹으러 오지 않았다는 것이다. 그래서 다음부터는 도시락을 준비할 때 아이들 것까지 준비하여 먹이자고 마음먹었다. 남편인 나에게 도와줄 수 있겠느냐고 묻기에 나는 기꺼이 돕겠다고 대답하였다.

그렇게 하여 나는 토요 돌봄 교실에 아내와 아이들이 먹을 도시락을 준비해 점심시간에 맞추어 찾아갔다. 아이들이 우르르 나와 나를 마중하며 도시락을 반갑게 받아 주었다. 선생님과 함께 점심을 먹으라며 도시락을 건네주고 주위를 구석구석 살펴보았다. 아이들이 놀며 생활하기에 훌륭한 돌봄 교실로 잘 꾸며져 있었다.

그렇게 잘 꾸며진 교실에서 아이들이 즐겁게 뛰어놀며 활동하는 모습을 보니 기쁘기도 하고, 한편 측은한 마음이 들기도 했다.

한쪽 구석에서 울음소리가 들려 가까이 가 보니 한 아이가 울고 있었다. 어째서 울고 있느냐고 물으니, 그 아이는 "내가 잘못하지 않았는데 선생님과 아이들은 나보고만 항상 잘못했다고 하여 억울해서요." 하고 대답했다. 나는 아이의 손을 잡아 일으켜 세우고 "네가 정말 잘못을 하지 않았으면 울지 말고 선생님께 가서 선생님 눈을 똑바로 바라보면서 선생님! 제가 잘못을 하지 않았습니다, 하고 말씀 드려라." 하고 말해 주었다. 아이는 금방 밝은 얼굴이 되면서 생기를 되찾았다.

그 후로 토요일에 도시락을 가지고 돌봄 교실을 갈 때마다 그 아이에게 관심을 가지고 지켜보았다. 그 아이는 전보다 명랑하고 활기차게 밝은 얼굴로 잘 놀고 있었다. 그렇게 매주 토요 돌봄 교실의 점심시간에 아내가 준비한 도시락을 맛있게 먹는 것을 보고 내가 할 수 있는 조그만 일에 보람과 기쁨을 느꼈다.

그런데 학교에서 문제를 제기하였다. 학생들에게 도시락을 먹이지 말라는 것이었다. 이유는 사적인 음식을 먹이다가 식중독이라도 발생하면 큰 문제가 되니 성의는 고맙지만 중지하라는 것이었다. 그러나 아내는 점심시간에 굶은 채 물끄러미 바라보는 아이들을 두고 혼자서는 도저히 점심을 먹을 수 없다고 했다. 내 아이 먹이는 심정으로 온갖 정성을 다해 준비한 도시락을 시간에 맞추어 가지고 가는데도 학교 방침이 그렇다니 따를 수밖에 없었지만 나로서는 매우 서운했다.

어느 토요일은 전에 울던 그 아이가 나를 보고 반갑게 맞이하기에 얼마나 기특하던지 내 자식처럼 귀여워 안아 주었다. 나는 그 아이에게 "너는 장래에 무엇이 되고 싶니?" 하고 물었다. 그 아이는 거침없이 "나는 어른이 되면 국회의원이 될 거예요." 하였다. 어째서 국회의원이 되고 싶냐고 물으니 "저는 커서 가난하고 불쌍한 사람을 도와주고, 나라를 위해 큰일을 할 거예요." 하는 것이었다. 나는 열심히 공부하여 네가 바라는 대로 꼭 되기를 기대하겠다고 격려해 주었다.

가정환경이 여의치 못해 부모님과 함께할 수 없는 어린이들이지만 토요 돌봄 교실에서 다른 아이들과 함께 협동심을 발휘하고 뛰어놀 때 장래의 희망은 꼭 이루어질 것이라고 믿고 있다. 나는 아내의 토요 돌봄 교실로 인하여 봉사를 하면서 행복을 느꼈다. 그러나 학기가 바뀌면서 새 학기에 돌봄 교실 희망자가 없어 아내는 더 이상 근무하지 못하게 되었다.

토요 돌봄 교실을 인연으로 알게 된 장래에 국회의원이 되겠다는 그 어린이의 꿈이 꼭 이루어져 우리나라의 큰 일꾼이 되기를 바라는 마음 간절하다.   (2014. 7.)

장성군 향우회 임원회의(2009년)

장사모 정기총회에서(2010년)

장성군 향우회 신년하례회에서(2011년)

돈 안 내고 앉는
자리

이웃 간의 분쟁

　우리 집은 백운대, 인수봉, 만경대가 우뚝 솟은 삼각산 아래 단독 주택이 밀집된 지역에 있다. 이곳에서 살아온 지 40여 년이 되었는데, 세 번 이사를 하여 정착한 집으로 지금은 고가를 헐어내고 신축한 집에서 살고 있다.

　2년 전, 서울시는 단독 주택이 많은 지역에 절전을 위한 태양광 에너지를 이용하여 전기를 자가 발전할 수 있는 설비를 정부에서 보조한다며 설치할 것을 권유했다. 이 사업은 당시 서울시의 태양광 에너지 100만호 설치 운동으로 총공사비 중 삼분의 이에 해당하는 자재비를 에너지관리공단에서 부담하고, 설치자는 설치비인 삼분의 일만 부담하는 국가사업이었다. 그래서 2층 옥상에 전기료가 현재보다 월등히 저렴하게 부과된다는 태양광발전 시설을 설치하기로 하였다.

　청정에너지인 태양광을 '모듈(Module)판*'이 흡수하여 자가 발전으로 전기를 생산해 사용하면 전기 요금이 절약될 것을 기대하며 발전 시설 공사를 마쳤다. 모듈판에서 발전된 전기를 사용하고 남는 전력은 한전으로 보내져 국가 에너지 정책에 큰 도움이 된다고 했다. 공사가 완료되어 몇 달 간 사용해 본 결과 설치 전보다 삼분의 일 정도의 전기 요금이 고지되었다. 전기 요금이 대폭 감소되어 가계의 부담이 줄어 다행이었다.

　그런데 우리 집 서쪽에 있는 옆집이 건축업자에게 매각되어 5층 높이의 빌라를 지으려고 터 파기 공사를 하고 있었다. 나는 건축업자를 만나 우리 집 2층 옥상에 태양광발전 시설을 설치하여 가동하고 있으니 일조권 침해로 발전에 지장이 없도록 해 달라고 이야기를 하였다. 건축업자는 옥상에 올라와 보고 발전 시설에 지장이 없도록 건축을 하겠다고 약속을 하고 내려갔다.

　공사가 차츰 진행되어 옆 건물이 우리 집 옥상보다 더 높게 올라가니 자연 우리 집 옥상의 태양광발전 시설에 그림자가 생겨 발전 중단 사태가 일어났다. 5층 건물의 그림자가 12시부터 시작해 오후 2시가 되면 '모듈판' 전체를 덮어 태양광발전이 중단된다는 사실을 옆집 건축업자에게 알리고 대책을 세워 줄 것을 강력히 요구했다. 태양광발전 공사를 맡았던 업자를 불러 의견을 들어

보니 태양광발전을 하는 '모듈'은 태양이 가려져 그늘이 생기면 발전이 모두 중지된다고 했다. 옥상 옆 빈 공간으로 발전 시설을 옮겨도 빛이 가려지는 것은 마찬가지이므로 방법이 없다고 하였다.

나는 건축업자에게 신축 빌라의 그늘 때문에 태양광발전 시설을 쓸 수 없어 철거해야 하니 우리가 부담한 설치비 중 1년 동안 사용한 금액을 감하고 나머지 금액을 보상해 줄 것을 요청하여 지불하겠다는 약속을 받고 헤어졌다.

신축 빌라 준공 검사가 가까워 오자 어느 날 건축업자는 분양 실장이란 사람을 대동하고 우리 집을 방문하였다. 보상비의 절반을 주면서 나머지 금액은 한 가구라도 먼저 분양되면 지불하겠다고 하였다. 가져온 금액의 영수증을 해주면서 나머지 금액은 언제까지 지불할지 각서를 써 달라 요구하니, 건축업자는 이런 것을 한 번도 써 보지 않아 쓸 줄도 모르고 구두로 확실히 약속하였으니 믿어 달라며 회피를 하는 것이었다.

옆집 건물은 6개월여 만에 내부 공사까지 완공되어 준공 검사를 받았다. 검사가 끝났기에 약속한 잔금을 지불해 줄 것을 독촉하자 건축업자는 완전히 다른 사람이 되어 잔금을 지불하겠다는 약속을 한 사실이 없고 먼저 지불한 절반의 금액이면 충분히 보상이 되었다 생각한다고 했다. 또한 이 건물을 신축하면서 동업을 한 사람이 있는데 그 사람도 먼저 지불한 액수면 충분히 보상이 되었다고 하며, 나머지 금액은 동의를 하지 않아 더 지불할 수 없다는 것이었다.

그때부터 이웃 건축업자와 분쟁이 시작되었다. 나는 우리 집에서 우리 부부와 건축업자와 분양 실장 등 네 명이 모인 그 자리에서 합의하지 않았느냐고 항의했다. 12월 말까지는 분양이 되는 대로 잔액을 지불하기로 다시 구두 약속을 하였는데도 모른 척 슬며시 물러서는 건축업자의 행동을 보니 사람 같지가 않았다.

태양광 설치 관할청인 에너지관리공단 담당자에게 문의를 해 보았다. 국가에서 삼분의 이의 금액을 들여 설치하였으므로 국가의 재산이기도 한데 이렇게 분쟁이 생길 때는 어떻게 하면 좋을지 도움을 요청했다. 담당자는 이웃 간의 분쟁이므로 서로 상의하여 원만히 처리하라고 답변했다. 나는 몹시 실망했다. 관할 감독청이 이럴 수가 있을까.

드디어 12월 말이 되었다. 이제는 약속을 이행하겠지 하고 기다렸다. 그러나 건축업자는 입금은 하지 않고, 다음과 같은 문자 메시지를 보내 왔다.

김 사장님, 한 해 마무리 잘하시고 건강하세요. 대단히 죄송합니다. 동업자가 동의를 하지 않아 약속 못 지킬 것 같습니다. 시간이 더 필요합니다. 송구스럽습니다.

(90호 건축주 0105247××× 12/31 오후 2:23)

각서를 받지 못해 아무런 증거가 없었는데 이 메시지가 유일한 증거가 되었다. 신축 빌라가 완공되어 분양이 잘 되고 있는데도 건축업자는 약속을 지키지 않고 그해를 넘기고 말았다. 3월이 되자 분양이 모두 끝나 분양 사무실을 철수하고 모두 사라졌다. 전화와 문자 메시지로 수십 차례 연락하였으나 받지를 않았다. 답답할 지경이었다. 사람이면 양심이 있기에 언젠가는 연락이 오겠지 하고 3월 말까지 기다렸으나 완전히 연락을 끊어 버리고 종무소식이었다. 건축업자의 본색이 드러난 것이었다.

나는 그렇게 억울하게 당하고 있을 수만은 없었다. 최후의 수단으로 법에 호소하는 수밖에 없었다. 4월 초, 나는 손해배상 청구 소송을 관할 법원에 제기하였다. 2개월 후에 변론 일자가 잡혔다. 소송을 제기하니 건축업자를 법정에서 만날 수 있었다. 그는 나에게 눈길 한 번 주지 않았다. 재판장은 피고에게 원고와 화해할 생각이 있느냐고 물었다. 피고는 화해할 생각이 없다고 하였다.

세 번의 재판 끝에 원고 승소 판결을 받았다. 나에게 보낸 메시지가 유일한 증거로 채택되어 승소한 것이 아닌가 생각되었다. 이제는 소송 금액을 받을 수 있겠구나 하였는데 2주 안에 항소를 할 수 있다는 판결문 조항에 따라 피고는 항소를 하였다. 소액 사건이지만 지루한 재판이 또 시작되었다.

항소심의 재판부가 결정되어 두 번의 조정을 위한 출석 요구서가 왔다. 그러나 원고에게 불리할 것 같아 출석을 하지 않아 조정 불성립이 되었다. 일 개월 후에 삼차 조정을 위한 출석 요구에 응하였다. 재판장은 원고인 나와 피고인 건축업자를 불러 조금씩 양보해 원만히 조정하여 해결하도록 종용하였다. 피고의 행위로 보아 조정에 응하지 않고 항소심 재판을 통하여 승소할 자신이 있었으나 시간 낭비와 비용을 생각해 조정에 응하였다.

재판장의 조정으로 손해 배상금 소송 청구 금액 중 일백오십만 원을 양보하여 조정이 성립되었다. 2개월 후에 피고는 조정 금액을 원고에게 지불하고 만약 납부하지 않을 때는 본 조정 판결은 무효가 되고 일심의 원심 판결 금액으로 지불할 것을 확정하였다. 2개월의 기한을 기다려 마감일 오후 6시가 되어도 입금이 되지 않아 피고를 원망하며 낙심을 하였는데 그날 밤 11시 30분에야 입금이 되어 한시름 놓았다. 두 얼굴을 가진 건축업자로 인하여 무려 1년 4개월이란 시간이 소요되었고, 원고인 나는 심적인 고통이 많았다.

한편 소액 사건이지만 이 소송을 통하여 법률 공부도 하였고, 민사소송을 진행하는 동안 법원을 직접 뛰어다니면서 접수하고 재판을 지켜보며 많은 것을 배웠다.

자신이 한 약속은 어떠한 일이 있어도 지키는 것이 인간의 도리이다. 양심을 속이고 자기 이익만을 위해 두 얼굴을 가지고 행동하며 이웃 간에 분쟁을 일으키는 일은 두 번 다시 있어서는 안될 것이다.

(2014. 2.)

* 모듈(Module)판 : 태양광을 흡수하여 전기를 발전시키는 판.

돈 안 내고 앉는 자리

오늘도 나는 문학 강의를 듣기 위하여 아침 일찍 집을 나와 지하철역에 도착했다. 경로 우대 카드를 들고 개찰구 단말기에 올려놓으니 삐삐 하는 소리가 두 번 울린다. 내 뒤를 따라 나온 젊은이가 통과할 때는 삐 하고 한 번 울린다.

개찰구에는 각 역마다 연로하신 분 또는 학생 봉사 대원이 한 명씩 지키고 서서 승객들이 카드를 댈 때 나는 소리를 유심히 들으며 승, 하객들을 안내하고 있다. 노인과 젊은 승객이 카드를 댈 때 나는 소리가 왜 다를까. 나는 여러 번 생각해 보았다.

어느 날이었다. 지하철 신촌역에서 내려 개찰구를 통과할 때 내 옆에 있는 젊은이가 카드를 대자 소리가 삐삐 두 번 울렸다. 그러자 옆에서 봉사하시는 할아버지가 그를 불러냈다. 두 번 울리는 카드는 나이 드신 경로 우대자가 사용하는 무임승차 카드인데 젊은이가 부정으로 사용하여 적발된 것이었다. 그래서 일반 승객과 경로 우대자가 사용하는 카드는 소리로써 구분하는 것을 알았다.

지하철을 타고 오며 가며 지나는 승객들의 표정은 갖가지이다. 비좁은 차내에서 앉아 가는 승객은 행운이다. 대부분의 승객들은 자기 목적지까지 서서 간다. 업무에 시달리고 생활에 시달리다 보면 고단한 몸에 짜증이 나기 마련이다. 그러므로 지하철 객차 내부에서는 질서와 예의를 지켜야 한다.

자기만 편하자고 다른 사람은 어떻든 간에 다리를 넓게 벌리고 앉아 옆 승객의 다리와 부딪치게 하는 사람, 다리를 꼬고 앉아서 가는 사람의 바지에 신발이 닿아 심기를 불편하게 하는 사람, 심지어는 옆 사람 어깨에 머리를 대고 졸고 있는 사람 등 앉아 가는 사람들의 꼴불견이 많다. 이러한 사람들은 에티켓을 모르는 사람들이다. 남녀 할 것 없이 다리를 단정히 모으고 앉아 옆 사람과 앞에 서 있는 사람에게 불편을 주어서는 안 될 것이다.

복잡한 출퇴근 시간대에 지하철 가운데 통로로 계절상품을 실은 손수레를 끌고 와서 큰 소리로 상품을 설명하며 파는 장사꾼, 통로 출입구 쪽에서 애절한 음악이 흘러나오는 녹음기를 목에 걸고 흰 지팡이로 더듬으며 가운데로 뚫고 나오는 시각 장애인, 십

자가를 들고 "주님을 믿으면 천당에 갈 수 있다"고 설교를 하며 지나가는 교인 등 자신의 소기의 목적을 위해 복잡한 지하철 안의 통로를 비집고 다니는 사람들로 승객들은 더욱 짜증스럽다.

지하철 한 량의 앞뒤 쪽 네 군데 열두 좌석은 임산부, 지체부자유자, 노약자 들이 앉는 좌석이다. 그러나 대부분 연세 많은 분들이 경로석으로 이용하고 있다. 어느 날 경로석에 젊은 여성이 앉아서 책을 보고 있는데 그 앞에 머리가 하얀 할아버지가 와 섰다. 그분은 앞에 앉은 젊은 여성이 얼른 일어나 자리를 양보하지 않고 계속 앉아 있자 "여보 젊은이, 노인이 서서 가면 자리를 양보할 줄 알아야지." 하고 호통을 쳤다. 그 여성은 노인을 힐끔 쳐다보며 "나 여기 돈 내고 표 사서 앉아 갑니다." 하고 퉁명스럽게 말했다. 그 말을 받은 노인이 "이 자리는 돈 안 내고 타는 사람이 앉는 자리요." 하고 대답하자, 그 여성은 벌떡 일어나 노인을 쳐다보고는 출입구로 나가 버렸다.

그 광경을 보고 있던 주위 승객들이 한바탕 박장대소를 하였다. 할아버지와 젊은 여성 간의 코미디 같은 신경전이었다. 그 장면을 지켜보던 사람들 중에는, 지금 6, 70대 노인들이 젊은 시절에 밤낮없이 일하여 해외로 수출을 많이 하고 외화를 벌어들여서 우리나라가 이만큼 성장하게 되었고, 또 월급에서 꼬박꼬박 소득세를 납부해 지하철도를 건설하고 고속도로도 만들어 산업이 크게 발전할 수 있게 한 주역들이니 경로석에 편히 앉아 갈 자격이 있다고 응원하는 이들도 있었다. 이 이야기는 시사 코미디에서도 한동안 유행이 되기도 하였다.

지하철을 타다 보면 이러한 웃지 못할 일이 있는가 하면 눈치를 보며 자리싸움을 하는 사람도 많다. 피로가 쌓여 피곤하니까 조금이라도 편하게 앉아서 가려는 마음은 누구나 다 가지고 있다. 그러나 자리에 너무 집착을 하면 다투기도 하고 시비가 벌어져 웃음거리가 되기도 한다.

우리나라는 옛날부터 동방예의지국으로 이름이 나 있다. 서로가 조금만 양보하면 재미있고 명랑한 차내 질서를 유지하며 지낼 수 있지 않을까. 나부터라도 나보다 약하고 어려운 사람을 보면 빨리 일어나 자리를 양보하는 마음가짐을 갖는다면 "돈 안 내고 앉는 자리"라는 말은 나오지 않을 것이다.

서로가 질서를 지키면 서울 지하철도는 명랑한 분위기 속에서 오늘도 쉴 새 없이 서울 시민의 발이 되어 안전하게 운행될 것이다. 그러므로 우리 시민들은 우리의 발인 서울 지하철도를 아끼고 사랑하여 예절이 있는 시민이 되도록 노력해야 하리라.

(2014. 9.)

시(詩)가 쓰인 현수막을

　집에서 나와 전철역을 향해 걷는다. 다리에 힘을 기르기 위해 마을버스를 타지 않고 이렇게 걷고 있다. 집에서 전철역까지 골목길을 이용하면 빠른 걸음으로 10분, 보통 걸음으로는 15분 정도면 도착한다.

　한참을 걷다가 어느 골목길에 다다르니 담벼락에 직사각형의 새빨간 현수막이 펄럭이고 있는 게 보인다. 현수막에 쓰여 있는 문구를 보는 순간 나는 깜짝 놀랐다. 현수막에는 붉은 천에 흰 글씨로 '경고'라 쓰여 있고, 그 양쪽 끝에는 보기도 험악한 해골 그림이 그려져 있었다. 그 아래에는 다음과 같은 문구가 쓰여 있었다.

쓰레기 버리다가 걸리면 죽는다.

나쁜 놈들아!!!/ CCTV 녹화 중

이렇게 쓰인 현수막이 펄럭이고 있으니 지나는 사람마다 혐오
스러운 듯 인상을 찌푸리고 쳐다본다.

과연 이웃들이 얼굴을 맞대며 사는 골목에 이렇게 섬뜩한 해골
모양을 그려 놓고 험악한 욕설까지 써 넣은 경고문을 붙여 놓아야
만 했을까. 이렇게까지 해야만 동네 주민들이 쓰레기를 버리지
않을까. 정중히 부드러운 글귀로 써 놓았더라면 오히려 주민들이
쓰레기를 자기 집 앞에 조용히 내놓지 않을까 하는 생각이 든다.

우리 지역에서는 지정된 수거 일자에 청소 차량이 골목마다 돌
면서 각자 집 앞에 내어 놓은 쓰레기를 수거해 간다. 그러나 가끔
주민들의 이기적인 행동으로 종종 말썽을 일으킬 때가 있다. 남의
집이야 어떻게 되든 상관없이 쓰레기를 길이나 골목 입구 담벼락
밑에 버리는 몰염치한 사람들이 있는 것이다. 심지어는 아침 일찍
출근길에 규격 봉투가 아닌 검은 봉지에 담은 쓰레기를 남의 집
앞에 살짝 버리고 가는 사람도 있다.

나도 동네 아주머니들과 쓰레기 버리는 문제로 다투고 계몽도
해 보았지만 아무런 효과가 없었다. 우리 집 옆 전신주 밑은 아예
쓰레기 하치장이 되어 버렸다. '이곳에 무단 투기하면 벌금에 처

한다'는 경고판을 구청에서 붙여 놓았으나 무시된 지 오래다. 그런 것은 담벼락 장식물처럼 되어 버렸을 뿐이다.

강한 문구로 현수막을 걸어 놓은 주민의 심정도 한편 이해가 된다. 오죽했으면 그런 글귀를 써 놓았을까. 처음에는 쓰레기 버리는 이를 보고 설득하고 말렸겠지만 전혀 듣지를 않으니 최후의 수단으로 이 방법을 쓰지 않았나 하는 생각이 든다. 그러나 좀 더 순화된 표현으로 경고문을 써서 그들의 양심에 호소했더라면 좋지 않았을까. 안타까운 마음 금할 길이 없다.

구청에서는 동네를 돌며 확성기를 통하여 "내 집의 쓰레기는 내 집 앞에 내놓자"고 계몽을 하고 있다. 서로 협조하고 도우면 내 집 앞은 물론 골목 전체가 깨끗해질 텐데 그것을 실행하기가 그리도 어려운 것일까. 각 가정에서 내 집 앞을 쓸면서 이웃들과 서로 인사를 나누고 웃음을 짓는 멋진 동네 골목이 되었으면 하는 소망을 가져본다.

다음에 이 골목을 지날 때에는 살벌한 경고문이 아니라 아래와 같은 부드럽고 아름다운 시구(詩句)를 쓴 현수막이 내걸리기를 기대해 본다.

우리 동네 골목은 깨끗하고 아름다운 길이라네
분리수거 잘된 쓰레기는 수거하기가 쉬워서

깜깜한 새벽녘에 일하시는 아저씨들은

웃음꽃 핀 얼굴로 먼동이 트는 아침을 맞이한다네.

(2014. 5.)

사라진 골목 풍경

오늘날 주거 문화가 변화하면서 단독 주택은 점차 사라지고 있다. 전국 어느 곳이나 도시 농촌할 것 없이 아파트 단지가 조성되어 새로운 주거 문화를 형성해 가고 있다. 새롭게 지어진 아파트는 생활하는 데 편리하여 많은 사람들이 선호한다. 그러나 마을이 깨끗해지는 만큼 없어지는 것도 많아 아쉬움을 주고 있다.

우리가 자랄 때 살았던 단독 주택은 주방 구조가 재래식이어서 불편한 점이 많았다. 그래도 이웃과 앞뒷집 간에 내왕이 있어 색다른 음식이 있으면 서로 나누어 먹으며 의논도 하고 삶의 이야기 꽃을 피우기도 하였다. 이웃사촌이라 하여 사촌과 같이 친하게 정을 들이며 살았다.

어린이들도 모여서 노는 일이 많았다. 집 앞 골목길에 모여서 남자아이들은 딱지치기, 구슬치기, 제기차기 같은 놀이를 하고, 여자아이들은 고무줄놀이, 줄넘기, 오자미 던지기 놀이 들을 하며 시간 가는 줄 몰랐다. 남녀가 함께 모여서는 숨바꼭질을 하며 뛰어놀았다. 그러나 그런 아이들의 골목 놀이는 언제부터인지 사라져 버렸다.

나도 어렸을 적에 딱지치기와 구슬치기를 좋아하여 아이들이 부러워할 정도로 많이 따 모았다. 큰 상자에 가득 담아 집 안에 뒹굴게 하니 부모님은 모두 버리라고 꾸중을 하셨다. 그러나 그것은 나의 노력으로 모은 나의 큰 재산이었기에 부모님 말씀을 듣지 않고 애지중지 간수하였다.

장성하여 서울에 와 살았는데, 밤 12시 이후 통행금지가 있었던 1970년대 무렵이었다. 골목길이 많던 주택에서 밤늦게 공부하는 수험생들은 창밖 골목길에서 외치는 소리에 신경이 쓰였을 것이다. "당고가 백 원이요 백 원!" 하며 고학생들이 물지게처럼 상자를 어깨에 메고 다니며 외쳐 댔다. 조그만 찹쌀떡을 다섯 개씩 꼬치에 꽂아 파는 것인데 늦게까지 공부하는 학생들이 야참으로 많이 사 먹었다. 나중에는 '당고'는 없어지고 찹쌀떡과 메밀떡으로 바뀌었다.

주택의 현대화로 지금의 화장실은 수세식으로 모두 실내로 들어가 있다. 그렇지만 단독 주택의 화장실은 대문 옆에 따로 설치

되었다. 푸세식으로 사람이 일일이 퍼 나르는 재래식이었다. 청소부 아저씨들은 아침 일찍부터 골목을 돌아다니면서 "똥 퍼!" 하고 외쳤다. 어느 집이 화장실을 청소하는 날이면 골목 전체로 악취가 번져 사람들은 코를 막고 다녀야 했다. 그렇게 정화조 차가 지나가고 나면 또 다른 골목에서 구성진 목소리로 "채권 사요. 채권!" 하는 소리가 골목을 파고들었다. 나는 채권이 무엇인지, 그것을 어디에다 쓰며, 과연 돈벌이가 되는지 몹시 궁금했다.

점심때가 되면 잠시 조용해졌다가 다시 "굴뚝 쑤셔! 굴뚝!" 하고 외치는 소리가 골목을 메웠다. 당시에는 도시가스 공급이 안될 때여서 모든 주택이 아궁이에 연탄을 땠다. 굴뚝이 막혀 가스 중독 사고가 자주 일어나던 시기였다. 굴뚝 청소부는 긴 대나무를 반으로 갈라 끝에 수세미를 달아 둘둘 말아서 어깨에 메고 다녔다. 얼굴은 검댕이가 묻어 시커멨다.

다음에 찾아오는 소리는 엿장수 아저씨가 찰각찰각 가위를 치는 소리였다. 엿장수는 한바탕 장타령으로 흥을 돋우고 가위를 치면서 몰려든 아이들에게 맛보기 엿을 주었다. 그리고는 숟가락 부러진 것, 냄비 구멍 난 것 등 고물을 가져오도록 부추겼다. 어른들은 엿치기로 내기를 했다.

다음에는 할아버지가 "가위나 칼 갈아!" 하고 낮은 목소리로 외쳐 댔다. 할머니들은 쓰던 칼을 몇 자루씩 가지고 나와 갈아 가곤

하였다. 아침이면 딸랑딸랑 종을 흔들며 다니던 두부 장수의 모습도 옛 주택가 골목길을 장식하던 빼놓을 수 없는 풍경이었다.

언제였던가, 유치원에 다니던 우리 집 아이들이 집 앞에서 놀 때였다. 그 앞으로 떡 장수가 "떡 사시요!" 하고 지나갔다. 아이들이 뒤따라가며 "떡 안 사요." 하였다. 그 소리가 떡 파는 아주머니에게 들렸던지 아이들이 혼쭐이 나서 동그란 눈으로 집으로 뛰어들어온 일이 있었다. 얼마 전 그 아주머니를 복지관 체조 시간에 만나 그때의 이야기를 주고받으며 한바탕 웃었다.

주택 개량 사업으로 아파트 단지가 들어서면서 동네 골목길은 사라져 갔다. 서울의 주택가 골목길을 누비며 생활 전선에서 각자의 재능과 기술로 벌이를 하며 살아가던 이들이 외치던 소리를 이제는 들을 수 없게 되었다. 지금 그들은 어떤 일을 하며 살아가고 있을까. 여러 가지 모습들이 사람 사는 동네 골목길의 문화였는데 이제는 추억으로만 남은 옛 일이 되었다.

골목길이 사라진 만큼 사람들의 사는 모습도 많이 달라졌다. 서로의 안부를 묻고 사연을 들으며 정을 나누던 골목길 풍경들이 새삼 그리움으로 밀물져 몰려온다.

(2014. 8.)

예비 선생님

    우리 집에서 나의 서열은 가장 말단이다. 부모님으로부터 우리 형제자매 5남 2녀의 칠 남매 중 맨끝 일곱 번째로 태어난 다섯째 아들이기 때문이다. 그래서 나의 아명을 오동(五童)이라고 하였다. 맨위 큰형님과 나와는 무려 23년의 차이가 난다.

    나는 어머니 연세 48세에 노산으로 태어나 집안 어른의 귀여움과 사랑을 독차지하고 자랐다. 바로 위의 형과는 세 살 터울인데 나에게 부모님의 사랑을 빼앗겼다고 느꼈는지 만만한 동생인 나에게 심술을 부려서 그 형과 나는 어렸을 때부터 무척 싸웠다.

    초등학교에 다닐 때 연로하신 부모님이 심부름은 형과 내게 맡겨 나누어 하라고 하였으나 형은 핑계를 대고 빠지고 거의 다 나에게 맡겨 버렸다. 그러기에 나는 항상 형에게 반발을 하고 싸우며 부모님께 형의 잘못을 알렸다. 그때 형이 얼마나 미웠는지 모른다.

그러나 싸울 땐 싸우더라도 숙제할 땐 하는 수 없이 형에게 도움을 요청했다. 그러면 형은 바로 이때다 하면서 항상 고자세로 너는 그것도 모르느냐면서 머리를 한 대 쥐어박곤 했다. 나는 어린 마음에도 자존심이 몹시 상하고 기분도 나빴다.

중학교 일 학년 때의 일이다. 형은 중학교 삼 학년이고 공부를 잘하는 편이었다. 나는 영어 숙제와 수학 공식을 몰라 형에게 가르쳐 달라고 졸랐으나 형은 잘 가르쳐 주지 않고 애를 태웠다. 그러면서도 언제 준비하였는지 조그만 흑판을 벽에 붙여 놓고 일인용 책걸상을 가져와 나를 앉혔다. 그리고 지휘봉을 들고 위엄을 부리면서 책상을 땅땅 치며 학교 선생님 흉내를 냈다.

형은 혼자 열심히 설명을 했으나 나는 다른 곳에 집중하며 잘 듣지 않았다. 그러면 형은 반드시 설명한 것에 대하여 질문을 했고, 나는 당연히 답변을 하지 못했다. 형은 이때다 하고 여지없이 내 머리에 꿀밤 한 대를 갈겼다. 나는 징징거리고 울면서 책상을 박차고 일어나 선생님도 아니면서 선생님 흉내를 낸다고 외치며 도망쳐 버렸다. 이 광경을 보신 부모님은 공부에 대하여는 엄격해서 형의 지시를 따르라며 나를 타이르셨다. 나는 형이 밉고 정이 떨어져 가까이 가고 싶지가 않았다.

이렇게 어렸을 때부터 나와 아옹다옹 싸우며 자란 바로 손위 형은 선생님 되는 것이 목표라며 사범대학에 진학했다. 그리고 졸업과 동시에 중학교 교사 발령을 받았다. 형은 소원을 이루어 여러 중·고등학교에서 근무하다 몇 년 전 중학교 교장선생님을 끝으로 정년퇴직을 하셨다.

싸우면서도 형제간에 의리를 지키며 자랐던 시절이 엊그제 같은데 우리 형제는 모두 열심히 근무하던 직장에서 퇴직하였다. 그리고 각자 취미에 따라 활동해 왔는데 그 분야가 우연찮게도 같은 문학이었다. 같은 길을 걸으니 일맥상통하여 각자 자기가 걸어온 길을 발표하기도 했다.

형은 중학교 때부터 장래 교사의 꿈을 가지고 동생인 나를 가르치면서 교생 실습을 하였던 것 같다. 그런 속내를 몰랐던 나는 선생님도 아니면서 선생님 노릇을 한다고 펄쩍 뛰며 형을 미워하였다. 형도 자기 마음을 헤아리지 못한 동생이 얼마나 야속했을까 하는 생각이 든다. 아무리 싸우고 자랐더라도 형제간에 미운 정 고운 정이 뒤얽혀 있음을 새삼 느낀다.

그러나 어쩌랴, 부모님 계실 때 바로 위의 형과 싸웠던 그 시절은 아득히 사라지고 말았으니….

(2014. 8.)

대지를 뚫고 나온 새싹

우수 경칩이 지났건만 3월 초 영하의 날씨는 몸을 더욱 움츠리게 한다. 개구리도 동면을 끝내고 물가에 나오는 시기인데 아직도 하얀 눈이 대지 위를 덮은 채 기다리는 봄은 무엇이 두려운지 오지 못하고 있다.

우리 집 조그만 터전의 정원에 붓꽃의 새싹들이 땅을 뚫고 고개를 살짝 내밀었다. 갑갑하고 어두운 땅속에서 몇 개월을 답답하게 있다가 도저히 견딜 수 없어 세상 밖은 어떤가 하고 머리를 내밀었다가 아이 추워! 하며 도로 땅속으로 들어갈 것만 같다. 그러나 한 번 내민 고개인데 어찌 다시 되돌릴 수 있겠는가. 세상 밖을 내다본 이상 씨앗을 뿌리고 가꾸는 이 집 주인이 그냥 두지는 않겠지? 하고 돌보아 줄 것을 믿고 기대하는지 추위를 참으며 잘 견디고 있다. 추운 날씨인데도 자연의 힘은 대단하다. 아무리 추워도 때가 때인 만큼 절후는 어길 수 없는 것이다. 그래서 새싹들은 때를 알고 고개를 내민 것이리라.

고초를 겪으며 나온 새싹들은 자라서 때가 되면 꽃을 피운다. 꽃봉오리가 먹물을 묻힌 붓 모양과 같이 생겼다고 해서 붓꽃이라 이름 지어진 야생화이다. 붓꽃은 종류가 많고 꽃 색깔도 여러 가지라고 하는데, 우리 집에 피는 붓꽃은 보라색이다. 6월쯤이면 활짝 피어 정원을 풍성하게 만들어 준다. 꽃말은 '좋은 소식'이라고 하는데, 햇볕 따뜻한 날 피어난 꽃을 볼 때마다 정말 좋은 소식을 가져다주는 듯 즐겁게 해주어 마음이 가는 꽃이다.

나는 정년퇴직 후 집에서 우리나라 재래종 꽃들을 가꾸어 왔다. 봄에 씨앗을 뿌리면 새싹이 돋아나 자라서 꽃을 피우고, 여름에는 더위에도 씩씩하게 자라 아름다운 꽃을 보고 즐기게 한다. 선선한 가을로 접어들면 늦가을까지 고고한 자태를 뽐내는 꽃들이 있어 그 아름다움에 반하고 만다. 겨울에는 땅속에서 동면을 하고 다시 이른 봄에 싹을 틔우기를 반복하며 살아가고 있다. 예쁘고 멋지게 자란 꽃들을 보고 있으면 볼수록 그 아름다움에 빠져든다.

이렇게 야생화를 가꾸는 일이 나의 일과요 취미이다. 꽃 시장에 나온 이름 모를 외국산 어느 꽃보다 더 예쁜 우리나라 토종 야생화들을 더 많이 찾아서 정성껏 가꾸고 사랑하여 오래도록 이 꽃들을 보는 것이 나의 꿈이요 희망이다.

봄이 오면 봄꽃들의 축제가 열리리라. 차가운 대지를 뚫고 용감하게 올라오고 자라서 피워 낸 아름다운 꽃들, 나는 아내 손을 꼭 잡고 그 꽃들과 여러 가지 이야기를 나눌 것이다. 그런 생각을 하니 벌써 내 마음이 설레며 따뜻한 봄이 기다려진다.

(2014. 11.)

나의 신앙 체험기

　섭씨 30도가 훨씬 넘는 여름날, '일어나 비추어라'라는 주제로 가톨릭교 프란치스코 교황이 우리나라를 사목 방문하셨다. 1980년대 요한 바오로2세 교황이 두 차례 방문한 데 이어 2014년 세 번째의 교황 방문으로 종교적으로 발전하는 계기가 되었고, 사회적으로도 세계에 미치는 영향이 크며 우리나라의 위상이 높아졌다고 한다.

　나는 고등학교 2학년 때 친구를 따라 처음으로 성당에 나가 미사 참례를 하였다. 경건하고 엄숙한 미사 집전 과정을 직접 보고 느낀 것이 천주교와 만난 인연이었다.

　나는 군에서 전역한 후 서울에서 직장 생활을 하던 중 결혼 적령기가 넘어 집에서 빨리 결혼을 하라고 서둘러 중매로 맞선을 보았다. 그리고 그 아가씨와 서신을 몇 번 주고받았다. 아가씨는 독실한 가톨릭 신자로 성격이 온순하며 어려운 이웃을 배려할 줄 아는 사람으로 보였다. "결혼을 하게 되면 나란히 성당에 나갈 수 있느냐?" 하기에 좋다고 하여 6개월 후에 서울의 한 예식장에서 결혼식을 올렸다. 우리는 사회적으로 합법적인 결혼을 하였지만 종교적으로는 결혼이 성립되지 않아 성당에서 정식으로 관면 혼배성사를 받고 완전한 부부가 되었다.

천주교 교리를 전혀 모르는 상태였는데 나는 그때부터 집에서 가까운 C 성당에서 예비자 교육을 받았다. 연세가 많고 엄격하신 수녀님이 가르치는 교리를 3개월 동안 열심히 배운 후에 영세를 받기 위한 교리 시험에 합격했다. 그해 8월 15일, '성모승천 대축일'에 본당 주임 신부님으로부터 영세를 받고 정식으로 신자가 되어 하느님의 백성이 되니 가슴 뿌듯했다.

천주교 신자는 하느님을 알고 이웃을 사랑할 줄 알아야 하는데 그러려면 먼저 십계명을 지켜야 한다. 그리고 "주일을 거룩히 맞이하라"는 성경 말씀에 따라 의무적으로 주일 미사에 참석해야 한다.

나는 결혼 후 성당의 주일 미사에 몇 번 참석하고는 힘이 들어 나가지 못했다. 1970년대 우리나라는 한창 성장하는 개발도상국가로 천연자원이 없어 일어설 수 있는 것은 오직 근로자들의 피와 땀으로 만드는 제품을 수출하는 것이었다. 그래서 선적 일자를 맞추기 위하여 매일 야근을 해야 했기에 회사 직원들은 지칠 대로 지쳐 항상 쉬고 싶은 고달픈 몸이었다. 그러니 모처럼 쉬는 주일에는 지친 몸이 말을 듣지 않아 미사에 참여하기가 쉽지 않았다. 아내는 걱정을 하며 주일은 꼭 지켜 하느님의 계명을 어기는 일이 없기를 바란다며 나를 항상 일깨워 주었다.

　마음속으로는 항상 성당 미사에 참여하고자 하였으나 차일피일 미루다 10여 년간을 냉담하였다. 결혼 초에 아내와 한 약속을 지키지 않고 하느님께 죄를 짓는 것 같아 마음이 항상 무겁고 괴로웠다. 그런데 아내가 성당에 나가자고 독촉을 하면 더 가기 싫어지는 것이 솔직한 내 심정이었다.

　나가기 싫은 첫째 이유가 미사 예식에 참여하려면 그동안 게을러 참여하지 못한 죄를 신부님께 모두 고하고 용서를 받는 고해성사를 해야 하는데 그것이 두려워 나가기가 싫었던 것이다. 냉담을 하고 있으니 주변에 있는 교우들의 눈치가 보이고 냉담자를 위해 성당 간부들이 집으로 방문하는 것 또한 괴롭고 부담스러웠다.

　영세 받은 후 약속을 어기고 계속 냉담하던 중 어느 날 갑자기 내가 이래서는 안 되겠지 하고 스스로 반성하여 그 주일에 성당에 나가 미사 참례를 하였다. 그동안 냉담자로서 영성체를 받아 모시지 못한 내 마음이 아프고 괴로워 견딜 수가 없었다. 나는 미사가 끝나고 귀가하는 신자들을 배웅하는 신부님 앞으로 나가서 특별 고해성사를 요청하였다. 고백성사를 하기 위해 고해소로 가려고 하니 주임 신부님이 온화한 음성으로 "고해소까지 갈 것 없이 이곳에서 형식 없이 간단하게 하자"고 제의를 하시어 마당에 서서 게으른 탓으로 주일을 섬기지 못한 죄와 소소히 범한 죄를 상세히 고하였다.

나의 고백을 들으신 신부님은 "인간이기에 때로는 모든 것이 싫어질 때가 있고 잘못할 때도 있는 것이니 앞으로 열심히 성당에 나와서 봉사 활동을 하라."며 그동안 범한 죄를 사하여 주시고 거기에 따른 기도를 하라고 보속을 주셨다. 보속을 받고 나서 그 이후부터는 한 주도 빠지지 않고 성당에 열심히 나갔다. 이렇게 가슴에 쌓였던 고통을 씻어 내니 마음이 한결 가벼웠다. 누구보다 흐뭇해한 이는 아내였다.

앞으로는 신앙생활도 더 열심히 하여 전보다 더 화목하고 행복한 가정을 만들고 어려운 이웃을 돕는 데 앞장서서 구역 모임이나 신앙 교육 및 피정에 참여할 것을 다짐하였다. 또한 어렵고 소외받는 이웃을 위하여 매년 실시하여 지난해로 15년을 이어 온 '난치병 어린이 돕기 3종교(천주교, 기독교, 불교) 사랑의 대바자회'에서 봉사하는 신자들과 함께 성당 행사에 빠짐없이 참여하여 활동할 것이다.

지금은 가벼운 마음으로 당당하게 종교 생활을 할 수 있어 매우 기쁘다. 주일을 지키고 주님을 알게 해준 아내가 고마웠다. 우리 가정이 서로 사랑하고 행복한 웃음꽃을 피우게 하는 데 종교의 힘이 크다는 것을 체험을 통해 절실히 느꼈다.

프란치스코 교황님이 우리나라를 방문하시어 소외받고 어려운 이웃들에게 일일이 손을 잡고 강복을 주시어 세계의 주목을 받았다. "일어나 비추어라"라는 성경 말씀과 같이 나는 천주교 신자로서 더욱더 발전된 나로서 세계 평화를 위해 더 많은 복음을 전파할 수 있도록 노력할 것이다.

(2014. 11.)

백양사와 치유의 숲 축령산 기행

　산영수필문학회(山影隨筆文學會)는 올해로 창간 10주년이 되는 계간 ≪에세이21≫에서 등단한 작가들의 모임이다. 총인원 66명으로 구성되어 있는 문학회로 매년 봄철에 문학관을 중심으로 문학 기행을 실시한다.

　그동안 주로 서울을 중심으로 경기 지역과 강원 지역에 있는 문학관을 탐방해 왔다. 금년에는 평창의 이효석 문학관을 가기로 임시 결정하였으나 많은 회원들 중 이미 다녀온 분들이 많아 다시 가는 것이 무의미하다고 이의를 제기하였다. 그래서 다소 멀기는 하지만 "내 고향에 있는 천 년 고찰 백양사와 '피톤치드'의 고장 축령산으로 가자."고 제의하니 모두가 찬성하여 금년 문학 기행의 최종 목적지는 장성으로 결정하였다.

나는 언제나 우리 회원들에게 틈만 나면 내 고향 장성을 자랑하였다. 기회는 이때다 싶어 5월 15일로 날짜를 확정했다. 드디어 그날이 되어 회원 40명과 함께 고향 방문길에 올랐다. 회원들 대부분이 서울과 경기, 경상도 출신으로 전라도 출신은 나를 포함하여 3명뿐이다. 많은 회원들이 전라도 방문에 대한 기대와 호기심으로 내려오는 내내 '백양사와 축령산'에 관한 자료를 살펴보았다.

예정된 시간에 백양사 매표소 입구에 도착하니 군청 직원인 변혜영 담당자와 문화해설사 김승희 님이 미리 도착해 우리 일행을 기다리고 있었다. 이 두 분을 통해 백양사와 장성군에 대하여 폭넓은 정보와 자랑거리를 들은 후 백양사 경내를 두루 살피고 쌍계루(雙溪樓)에 걸려 있는 옛 선인들의 시(詩)가 적힌 현판을 살펴보았다. 그중에서도 특히 포은 정몽주의 시에 대한 문화해설사의 설명에 우리 회원들은 놀라는 기색이었다.

백양사 관람을 마치고 점심때가 되어 북상면 우체국 뒤에 있는 H가든에 도착하니 식당 정면에 "산영수필문학회원 여러분의 우리 고장 방문을 환영합니다. 2014. 5. 15. H가든"이라고 크게 쓰인 현수막이 걸려 있어 우리 회원들을 놀라게 했다. "역시 부회장님의 고향은 다르다"며 찬사가 대단하여 고향에 온 자부심이 느껴졌다. 역시 내 고향 사람들의 사랑은 특별했다. 장성댐에서 갓 잡아 올린 메기로 요리한 '메기찜'으로 점심을 대접했다. 그 맛에 놀라며 처음 먹어 본 메기찜이라며 모두가 좋아하였다.

나는 식사 전 인사 말씀으로 "내 고향에 모셨으니 당연히 우리 집에 초청하여 대접하는 것이 마땅하나 우리 집에 가려면 장성호 한가운데로 들어가야 하는데 잠수복이 준비되지 않아 어쩔 수 없이 이 식당에서 대신 대접하니 이해를 해 달라"고 했더니 모두가 박장대소했다.

식사를 마치고 우리는 내 고향 마을 북상면의 수몰 전 옛 정취를 알아보고자 '북상수몰문화관에 들러 한 시대를 돌아볼 수 있는 생활 문화와 역사를 살펴보고 다음 목적지인 축령산으로 이동했다.

축령산에 도착한 우리는 가장 먼저 회원들을 지도하고 가르치신 계간 ≪에세이21≫ 발행인이신 산영재 이정림 선생님을 모시고 스승의 날 기념식을 가졌다. 그리고 '피톤치드' 가득한 맑은 공기를 마시면서 문화해설사로부터 독립가인 춘원 임종국 선생이 편백나무와 삼(森)나무를 가꾸기 위해 일생을 바친 이야기를 들었다. 일생을 고생하며 축령산을 가꾼 사람이 우리 고향에 있었기에 오늘날 이렇게 울창하고 유익한 편백나무 숲이 조성될 수 있었고, 그 때문에 전국에서 가장 깨끗한 공기를 가진 군(郡)으로 선정되어 몸이 아픈 사람들이 찾아와 휴양을 하고 있어 '치유의 숲 축령산'이라 불리고 있다고 해설사는 설명했다. 그래서였는지 우리 회원들은 더 열심히 크게 심호흡하며 피톤치드를 마셨다.

6·25 한국전쟁으로 황폐화된 산림을 복원하기 위해 자신의 재산과 시간을 아낌없이 투자해 '치유의 숲'을 만들어 준 춘원 선생이 잠들어 있는 수목장묘를 찾아가 고인의 명복을 빌며 감사의 묵념을 드렸다. 그리고 잠깐이지만 편백나무 숲길을 거닐며 이야기를 나누다가 축령산을 내려왔다.

원래 계획은 홍길동 테마파크와 필암서원, 아곡 박수량 선생의 백비까지 둘러보기로 일정을 잡았다. 그러나 시간이 여의치 않아 아쉬움을 뒤로한 채 다음 기회로 기약하고 상경 길에 올랐다.

서울로 올라오는 차 안에서도 나는 귀가 따가울 정도로 내 고향 장성을 홍보하고 장성에서 생산된 '365생' 쌀과 각종 농산물을 찾아서 먹으며 고향 사랑을 실천하고 있노라고 자랑했다. 또 언제든지 내 고향 장성을 다시 한 번 찾아 줄 것을 회원들에게 당부했다.

서울에 도착한 우리는 오늘의 문학 기행이 만족스러웠음을 이야기하며 서로 악수를 나눈 뒤 다음 기회를 기대하며 헤어졌다.

(2014. 10.)

전주 최승범 교수 문하생들의 산영재 선생 초청강의에 동행하여 (최명희문학관 방문. 2009)

산영수필문학회 축령산문학기행(2013년

스승의 날 기념 축령산 문학기행(2013년)

백양사
쌍계루(雙溪樓)

건강검진을 받으며

　매년 짝수 해가 되면 건강검진 안내서가 국민건강보험공단으로부터 우편으로 배달된다. 해마다 홀, 짝수로 나누어 2년마다 한 번씩 건강검진을 받게 하려는 것이다.

　나는 짝수 해로 올해가 건강검진을 받는 해여서 연초부터 안내서가 오기를 기다렸다. 건강검진은 각종 질병의 예방과 몸의 건강 상태를 검진하기 위하여, 혹시 체내에 암세포가 있는지 미리 알아보는 등 우리 국민들에게 꼭 필요한 것이다.

　많은 사람들이 병원에 가는 것을 싫어한다. 병원에 가는 것을 무서워하니 각종 질병이 조기에 발견되지 못하고 시기를 놓치게 되면 큰 병이 되어 환자의 고생은 물론이고 경제적 정신적 타격이 말할 수 없이 크다.

나는 종합검진을 받는 첫 해에 처음으로 위내시경 검사를 받았다. 그때 직접 검사와 수면 검사를 선택하라고 하여 직접 검사를 택하였다. 검사대에 올라가 옆으로 누우니 잔뜩 긴장되어 온몸에 힘이 들어가 경직된 몸이 되었다. 검사하는 담당 의사가 "긴장을 풀고 몸에 힘주지 마세요." 하고 주의를 주었다.

의사는 연필 굵기의 호스를 목구멍으로 집어넣으면서 꼭 물고 있어야 한다고 했다. 얼마나 들어가는지 목구멍이 아프고 역겨워 토할 것만 같았다. 위 속에서는 내시경 호스가 이곳저곳을 휘젓고 위 벽을 비추며 검사를 하는 동안 말로 표현할 수 없는 역겨움이 목구멍으로 자꾸 올라옴을 느꼈다. 그때마다 의사 선생님은 조금만 더 참으라며 내시경을 상하 좌우로 돌리며 앞쪽의 모니터를 보면서 나의 위장 속 곳곳을 살폈다. 나도 옆으로 누워서 모니터에 나타난 내 위장 속을 보았는데 꼭 바다 속을 헤엄치고 다니는 것 같았다. 위장 벽에 하얀 점과 검은 점이 보였다. 그때 선생님이 조직 검사를 위해 위벽 조직을 떼어 낸다고 했다. 떼어 낸 부분이 따끔하더니 빨간 피가 주위에 쫙 퍼지는 것이 모니터로 보였다. 검사 결과는 일주일 후에 나온다고 하였다.

일주일 후 검사 결과를 보기 위해 외래 진료실에 갔다. 조직 검사 결과는 아무 이상이 없다고 했다. 다만 식도에서 용종이 한 개 발견되었으니 치료를 받으라며 처방전을 발행해 주었다. 집으로 돌아와 동네 내과의원 원장 선생님과 상의하였더니 용종 한두 개는 누구나 있으니 크게 염려될 것은 없고, 심하면 레이저로 떼어 내면 되니 너무 걱정하지 말라고 안심을 시켰다.

그로부터 2년이 지나 다시 건강검진 안내서가 나와 청량리에 있는 C대학교의 S병원에서 2년 전과 똑 같은 방법으로 위내시경 검사를 하였다. 그 결과 걱정했던 식도의 용종은 아무 데도 없다고 하여 안심을 하였으나 위궤양과 식도염 증세가 있어 약을 먹으라고 하였다. 위궤양 증세는 누구나 다 있으니 걱정하지 말고 약을 잘 챙겨 먹으면 낫는다고 하였다. 나는 처방대로 약을 열심히 챙겨 먹었다. 지금은 어떤 음식을 먹어도 소화를 잘 시키고 속이 쓰리고 아픈 증상이 모두 사라져 아주 편안하고 좋은 상태이다.

우리 눈에 보이지 않는 병도 일찍 진찰을 받아 검사를 하면 증상을 쉽게 발견하여 큰 병이 되기 전에 치료를 할 수 있다. 국민건강보험공단에서 실시하는 건강검진을 소홀히 취급하지 말고 해당되는 해에 검진을 받아 질병을 조기에 발견하고 치료하면 건강한 삶을 누릴 수 있을 것이다.

나이가 들고 늙어 갈수록 건강한 몸과 긍정적인 마음으로 활기차게 활동함으로써 사회에 봉사하고 또 취미 생활을 하며 살아갈 수 있으면 얼마나 좋을까. 이보다 더 큰 보람된 삶이 또 있을까.

(2014. 11.)

군복에 몸을 맞추어라

휴가 나온 국군 장병들을 가끔 본다. 단정한 군복에 매력을 느끼게 하는 날씬한 모습들이다. 그러한 모습을 볼 때 군에 입대했을 때의 일들이 새삼 떠오른다.

내가 군에 입대할 당시의 농촌은 6·25 한국전쟁을 치르고 정전(停戰)된 지 5, 6년밖에 되지 않아 농민들의 생활은 아주 어려운 형편이었다. 그때 나는 고등학교 졸업반으로 대학 입학시험을 치르고 등록금을 준비하느라 정신이 없을 때였다. 바로 위의 형이 대학 3학년, 장조카가 대학 2학년이었다. 아버지는 나까지 세 명의 대학 등록금을 마련하기 위해 고심이 많으셨다. 한 명의 대학생을 뒷바라지하기도 어려운데 세 명의 대학 등록금을 마련하기란 여간 힘든 일이 아니었다. 기르던 소와 돼지를 팔고 농토를

팔아야 한 학기 등록금이 겨우 될까 하는 형편이었다. 당시 농촌은 보릿고개로 익지 않은 벼를 미리 파는 입도선매(立稻先賣)로 겨우 연명해 가는 시절이었다.

아버지는 깊은 한숨을 내쉬며 고민을 많이 하시는 것 같았다. 나는 대학 입학 등록금을 해 달라고 더는 보챌 수가 없었다. 아버지의 무거운 짐을 조금이나마 덜어 드리자고 생각했다. 대학 입학 등록을 포기하고 군에 입대하면 생활이 조금은 나아질 것 같아 1959년에 공군에 자원입대를 하였다. 아직 입대 연령이 되지 않아 영장이 나오지 않은 상태였다. 그래서 공군에 지원하여 시험을 보고 합격하여 입대하게 된 것이었다.

8월 무더운 한여름 어느 날, 대전에 있는 부대에 입대하기 위하여 가족에게는 알리지 않은 채 하루 전날 집을 출발하였다. 부대 부근인 유성에 도착하여 하룻밤을 보냈다. 다음 날 아침 일찍 군부대 정문에 모여 입대 수속을 마쳤다.

신병들이 연병장에 모이자 맨 먼저 전원 삭발을 하였다. 삭발한 신병들은 서로 쳐다보며 웃었다. 얼굴 생김새가 모두 비슷해 보였기 때문이었다. 그 다음으로 군번을 받고 군복을 지급받았다. 완전한 군인이 된 듯했다. 그런데 바지를 입는 순간, 바지가 아니라 자루에 들어가는 것 같은 느낌이었다. 어느 누구도 맞는 군복이 없었다. 그때 지급된 군복은 미군용이었다. 체격이 큰 미군용이었기에 체격이 작은 우리 한국군에게 맞을 리가 없었다. 자루 같은 군복 바지에 도포 자락 같은 군복 상의를 입은 훈련병들은 옷을 아무렇게나 입고 다니는 거지와 같았다.

신병들은 일제히 군복이 맞지 않는다고 불평을 터트렸다. 훈련병을 지휘하는 중대장은 "여기는 군대다. 불평은 통하지 않는다. 군복이 크면 모두가 군복에다 몸을 맞추어라. 알겠는가?" 하고 호령을 했다. 훈련병들은 어느 누구도 더는 불평을 하지 못했다. "군대는 하라면 하는 것이 통하는 것이다."라고도 하였다.

몸에 맞지 않는 헐렁한 군복을 입고 4주 동안 신병 훈련을 마치고, 입대한 지 한 달 만에 첫 외출을 하게 되었다. 신병 모두가 정복과 훈련복을 싸 가지고 외출하였다. 대전역 부근의 시장통 노점에서 군인을 상대로 재봉을 하는 미싱사들에게 군복을 자기 몸에 맞게 수선하였다. 모두가 자루 같은 바지 대신 꼭 맞는 군복을 입고 날씬하고 멋진 모습을 한 새로운 공군이 되었다.

군복무를 하는 동안 나는 왜 대학 진학을 하지 못하고 군에 입대하였는가 하며 부모님을 많이 원망하고 자책도 하였다. 입대한 지 1년 4개월이 되었을 때 아버지가 위독하시다는 비보를 받았다. 집에 급히 내려갔으나 아버지는 이 막내아들을 보지 못하고 이미 운명을 하신 뒤였다. 아버지는 약한 몸으로 추수를 하시다 병환이 나 일어나지 못하고 세상을 떠나셨다. 나는 부모님을 도와 드리기는커녕 등록금 걱정만 끼쳐드리고 군에 입대한 불효막심한 자식이었다. 만 3년간의 군복무를 무사히 마치고 전역하였다.

지금의 군대에서는 "군복에 몸을 맞추어라"는 중대장의 명령은 없을 것이다. 육해공군, 해병대 할 것 없이 체형별로 규격화되어 각자 체격에 맞는 군복이 지급되어 날씬하고 멋지게 입을 수 있다. 젊은이들이 입은 군복을 볼 때마다 내가 입대할 때의 일이 떠오르는 것은 막내이기에 항상 어린아이로 보고 걱정하셨던 아버지에게 입대한다는 사실을 말씀드리지 않고 떠나와 걱정을 끼친 죄스러움이 사무치기 때문인 것 같다. 또한 제복을 입은 대한민국의 멋진 공군이었음을 보여 드리지 못한 아쉬움도 크기 때문인 것 같다.

자식을 키우느라 노심초사하시던 아버지가 더욱 그리워진다.

(2014. 12.)

술과의 인연

명절이 다가오면 우리 집 아랫목에는 언제나 옹기 항아리 하나가 이불에 덮인 채 동여매어 있었다. 이것은 내가 어릴 때 자주 보았던 풍경이었다. 우리 집에서 할머니로부터 어머니로 이어져 내려오는 전통적인 술을 빚어 명절이나 집안 제사 때 조상님께 올렸는데, 이 과정은 술을 숙성시키기 위하여 매년 해 오던 연례행사였다.

방 아랫목에 항아리를 이불로 덮어 놓으면 우리 형제들은 달콤한 식혜를 만드는 줄 알고 좋아하였다. 어느 날, 학교에서 수업이 끝나고 집에 돌아온 나는 식탁 위에 하얀 식혜가 한 사발 놓여 있는 것을 보고 배가 고프던 차에 단숨에 그것을 마셔 버렸다. 조금 있으니 머리가 빙빙 돌고 얼굴은 벌겋게 달아올라 관자놀이의 혈관이 벌떡벌떡 뛰고 정신이 몽롱하여 그대로 쓰러져 버렸다. 집에서는 난리가 난 모양이었다. 그때 나는 만 이틀을 자고 난 후에야 술에서 깨어났다고 한다.

정신을 차리고 알아보았더니 방에 놓여 있던 순곡주인 동동주를 식혜로 알고 한 사발을 다 마신 것이었다. "어린 나이에 독한 술을 다 마시고도 죽지 않고 견디어 낸 것이 장하다."고 집안 어른들이 한마디씩 하셨다. 그때가 초등학교 2학년이었다. 나와 술과의 인연은 그때부터 시작되었다.

그 사건을 겪고 나서 나는 술이란 독약과도 같다고 생각하게 되었다. 너무도 어린 나이에 술을 먹었기에 냄새도 맡기 싫어졌고 술 냄새만 맡으면 구토 증세까지 일어 여간 고역이 아닐 수 없었다. 그래서 술을 피하기 시작하였다. 동네 양조장 부근에만 가도 얼굴이 벌겋게 달아올라 숨을 쉬기도 거북하였다. 그런데 집에서 일꾼을 데리고 일할 때나 술이 필요하면 으레 나에게 양조장에 가서 막걸리를 받아 오라고 심부름을 시켰다. 양조장에 들어가면 벌써 술 냄새에 취하여 가슴이 벌떡거렸다. 그래서 술은 나와 맞지가 않아 입에도 대지 않았다.

학생 때는 물론 사회에 나와 직장에 다닐 때에도 가장 큰 고역은 회식 자리였다. 무조건 돌리는 술잔을 어떻게 처리해야 할지가 가장 고통스러운 일이었다. 술을 먹지 않으니 일부러 피하는 것으로 알고 술을 먹는 대신 언제나 몸으로 때우는 벌로 양복에다 술 잔을 붓기도 하고 때로는 머리에 그냥 붓기도 하는 심술쟁이 동료도 있었다. 마음이 언짢았지만 억지로 마시고 속이 아파 괴로워하는 것보다는 그것이 훨씬 더 편했기에 참고 이겨 내곤 했다.

서양의 음주 문화와 같이 우리나라도 자기의 주량대로 알아서 마시는 음주 문화로 바뀌었으면 한다. 흔히 술이란 주거니 받거니 하고 권하는 맛으로 마신다고 하지만 개인의 건강에 해가 되게까지 강제로 먹이는 일은 없었으면 하는 것이 나의 바람이다. 이것이 진정한 술 문화가 아닐까.

군복무 시절, 군에서도 회식이 많았다. 나는 수원에 있는 공군 부대에서 근무하다 서울 여의도에 있는 공군 부대로 전속되었다. 그때 전입자를 환영하는 회식이 있었는데, 그 회식 역시 술이 빠지지 않았다. 내무반원 전원이 참석하여 전입한 나에게 계급 순으로 한 잔씩 따라 주었는데 무조건 다 받아 마셔야 했다. 나는 술을 전혀 못 마신다고 했으나, 선배들은 군대에서는 이유가 없다고 했다. 그래서 전원이 한 잔씩 따라 주는 대로 마시다 보니 술에 약한 나는 더 이상 버티지 못하고 그 자리에서 쓰러지고 말았다. 깨어 정신을 차려 보니 여의도 기지 공군 병원 응급실이었다. 얼마나 머리가 아프고 괴로웠던지 아무 생각이 나지 않았다. 나는 그렇게 군대에서도 술 때문에 큰 곤욕을 치렀다.

전역 후 사회에서도 술 문화는 조금도 바뀌지 않았다. 인간은 각자의 생체 리듬에 따라 술을 잘 소화시키는 사람이 있고 전혀 못하는 사람도 있다. 나는 후자에 속한다. 술을 한 잔 마시면 먼저 냄새가 역겨워지고, 목으로 넘어갈 때 그 쓴맛은 견딜 수 없는 고통의 맛이다.

현재까지 사회생활을 하면서 내가 마신 술의 양을 계산한다면 아마도 소주병으로 몇 병에 불과할 것이다. 술을 마실 때 체면상 마시는 척하고 그대로 잔을 내려놓는 경우가 많다. 마시면 속이 괴로우니까 되도록 마시지 않는다. 술을 받아들이지 못하는 나의 체질 때문에 어쩔 수가 없는 일이다. 억지로 마시는 술로 인하여 실수를 하거나 다른 사람에게 피해를 주는 일이 있어서는 안 된다고 생각한다.

예로부터 주도는 웃어른에게서 배워야 한다는 말이 있다. 우리 집은 조상님께 제를 올릴 때 제주로 올리고 남은 술을, 집안 가족 모두가 둘러앉아 할아버지께서 따라 주실 때 한 잔씩 받아 마시며 철저한 주도 교육을 받았다. 나도 자식들에게 그렇게 교육을 시켜 오며 올바른 주도 문화를 세우려 노력하고 있다.

초등학교 2학년 때에 동동주를 식혜로 알고 마시고 정신을 잃었던 사건 이후 나는 지금도 술을 조심하며 한 모금도 마시지 못하지만, 식사 때마다 한두 잔의 술을 반주로 마시면 혈액순환이 잘 되어 건강에 좋다고 권하기도 한다. 하지만 그런 이야기들이 나에게는 여전히 말로만 들릴 뿐이다.

(2015. 3.)

화폐 수집

화폐 수집은 내 취미 중의 하나이다. 화폐 개혁으로 새로이 발행되는 지폐가 나올 적마다 나는 꼭 수집하여 잘 보관하고 있다. 특히 특별 기념주화나 신권이 발행될 때마다 그 화폐를 수집하기 위하여 발행 전날 밤부터 은행 문 앞에 줄지어 밤을 새워 가며 구입하기도 한다. 최근에는 작년 8월에 방한하신 프란체스코 교황 방문 기념주화도 그렇게 기다려서 수집하였다. 1986년 아시아 올림픽과 1988년 제24회 세계 올림픽이 서울에서 개최되었을 때 올림픽 기념주화를 발행했는데 그것도 모두 구입하여 역사의 증거물로 보관하고 있다.

화폐를 수집하다 보니 화폐에 대해 많이 알게 되었다. 화폐는 크게 지폐와 주화의 두 종류로 나뉜다. 우리나라는 해방 이후 지금까지 세 번의 긴급통화조치로 화폐 개혁을 단행하였다. 그때마다 나는 화폐의 도안에 누구의 초상이 들어갈까 관심을 가지고 지켜보았다. 훗날 그 화폐를 보면서 지난날의 역사를 더듬어 볼 수가 있기 때문이었다.

세계 각 나라의 화폐를 보면 그 나라를 통치하는 통치권자나 왕들의 초상이 도안되어 있는 것이 보통이다. 우리나라 화폐도 1950년 8월에 발행한 일백 원권과 일천 원권에는 초대 리승만 대통령의 초상이 도안되었는데 대한민국 제1차 긴급통화조치로 1960년 4·19 혁명 때까지 사용하였다.

제2차 화폐 개혁은 1953년 2월에 그동안 사용하던 '원' 단위를 '환' 단위로 바꾼 것이었다. 6·25 한국전쟁의 정전을 앞두고 국가의 재정 금융 및 산업 활동을 안정된 토대 위에 올려놓았다. 화폐 교환시 원과 환의 비율은 100:1이었다. 우리나라 화폐 중 특이한 것은 1962년 5월에 발행된 일백 환권이었는데, 거기에는 정치인이 아닌 모자상이 도안되어 있었다. 그러나 얼마 유통되지 못하고 슬그머니 사라져 버렸다.

그 후 1962년 6월, 정부는 국가경제개발 5개년 계획의 투자 자원을 동원하기 위해 은닉 자금을 발굴하여 산업 자금화하였다. 그리고 악성 인플레이션을 방지하기 위하여 제3차 긴급통화조치를 단행하여 화폐 단위를 '환'에서 '원'으로 다시 바꾸었다. 현재 사용하는 '원'은 그때 바뀐 이후로 지금까지 사용하고 있는 것이다.

우리나라 화폐의 금액 종류별로 도안을 살펴보면, 1960년에 최초의 주화인 일 원권이 나라꽃인 무궁화가 도안되어 발행되었으나 요즘은 거의 사용하지 않고 화폐의 기본 단위로만 유지하고 있다. 1970년에는 충무공 이순신 장군이 도안된 일백 원권을, 1972년에는 거북선이 도안된 오 원권, 다보탑이 도안된 십 원권, 풍년을 상징하는 벼이삭이 도안된 오십 원권을 발행하였다. 1982년에는 최고 금액으로 학이 도안된 오백 원권이 발행되어 현재 여섯 종류의 주화가 유통되고 있다.

지폐는 1970년대에 퇴계 이황이 도안된 일천 원권, 율곡 이이의 초상이 도안된 오천 원권이 발행되었으며, 1973년 6월에는 세종대왕의 초상을 넣은 일만 원권이 발행되었다. 액면이 고액권으로 높아지면서 품질면에서도 은화와 금속선이 삽입되고 자외선 감지 요소가 인쇄되어 위조 방지 등 첨단 기법이 사용되었다.

급속한 경제개발에 따른 거래 규모의 확대와 물가 상승으로 고액권 화폐의 수요가 증가하여 한국은행은 2009년 6월, 고액권인 오만 원권 지폐를 발행하였다. 최고액권인 만큼 누가 도안 인물로 선정될지 매우 궁금했다. 결국 신사임당의 초상이 선택되었는데, 여성으로서 인품을 갖추고 자식을 훌륭히 훈육하여 나라의 재상으로 만든 어머니로서 온 백성의 추앙을 받은 분이기에 우리나라의 최고 금액인 오만 원권에 도안하지 않았나 생각되었다.

지금은 발행되지 않는 오백 원권 지폐 중 충무공 이순신 장군의 초상이 도안된 신권과, 앞면에는 숭례문이 뒷면에는 거북선이 도안된 구권이 있다. 이 오백 원권 지폐에는 유명한 일화가 숨어 있다. 1971년에 영국의 B은행은 중요한 결정을 하였다. 국민 소득이 2,643달러밖에 안 되는 가난한 나라의 사업가에게 조선소(造船所) 건립에 필요한 차관을 내주기로 결정을 한 것이었다. 이런 결정이 있기까지는 우리나라 대기업인 H 그룹 회장의 외교 수완이 크게 작용을 했다.

차관 제공에 난색을 표한 은행 관계자에게 C 회장은 주머니에서 우리나라의 오백 원권을 꺼내 보이며 "이 지폐에 그려진 거북선을 보시오!" 하면서 "한국은 영국보다 300년이나 앞서 철갑선을 만들어 일본을 물리친 나라입니다."라고 그들을 설득하여 차관을 받았다. H 조선소를 건립하여 우리나라가 세계 1위 조선국(造船國)으로 올라설 수 있는 시발점이 된 것이었다. 이 얼마나 훌륭하고 멋진 이야기인가. 그 오백 원권 지폐는 1982년에 학을 도안한 오백 원권 주화가 발행되어 현재는 사용되지 않아 아쉬움이 남아 있다.

우리가 사용하고 있는 화폐들이 잘 유통되면 경제는 활성화되고 나라는 더욱더 부강해질 것이다. 그러나 앞으로 우리 삶의 목표가 부(富)의 축적만이 아니라 세계의 어려운 국가들을 도울 수 있는 나라가 되도록 국민 모두가 노력해야 하지 않을까.

내가 수집한 화폐들을 살펴보니, 화폐는 경제 활동에 중요한 수단이 되었음을 알 수 있다. 세월이 흐르면 화폐는 차후 세대에 좋은 교육 자료로도 사용할 수 있는 가치가 충분히 있다고 본다. 그래서 나는 내가 수집한 화폐들이 단순한 취미가 아닌 역사의 증거물로 대대로 보존되었으면 좋겠다는 생각이다.

(2015. 4.)

엿 이야기

오늘날 도시 농촌 할 것 없이 주택은 아파트로 개발되고 있다. 주택이 사라짐과 동시에 개구쟁이들이 뛰어놀던 골목길도 사라져 가고 있다. 골목길에서 가위를 치며 다니는 엿장수의 엿목판도 구경하기가 어려워졌다. 그 옛날 엿장수는 동네 어귀에 엿목판을 내려놓고 젊은이들이 하는 내기 엿치기에 정신을 쏟곤 했다.

옛날에 어머니들은 아이들이 배가 아프다고 하면 조청과 엿을 먹였다. 엿은 곡물에 엿기름을 더해 당화시킨 후 엿물을 졸여서 만든 것으로 한방에서는 약용으로도 사용하였다. 한 해 농사가 끝나고 날씨가 추워지면 어머니들은 엿을 고았다. 설 명절과 정월 대보름이 오기에 앞서 엿을 만드는 날은 잔치 음식을 만드는 것같이 들뜨는 날이었다. 엿물 졸아드는 냄새가 골목에 진동하였다.

내가 어렸을 때에 어머니는 안방 아랫목 따뜻한 자리에 항아리를 놓고 그 속에 고슬고슬한 밥과 엿기름을 넣어 담요로 싸매 두었다. 그것은 식혜를 만드는 것이었는데, 어머니가 할머니로부터 전수받은 방식으로 엿을 만들기 위한 것이었다. 식혜를 여덟 시간 이상 발효시킨 후 그것을 가마솥에 붓고 화력이 센 장작불로 다섯 시간가량 졸였다. 그렇게 해서 만들어진 적갈색의 엿을 갱엿이라고 했다.

그런 갱엿으로 엿가락을 만드는데, 힘센 아주머니 두 사람이 마주 앉아 서로 당겨서 늘이는 작업을 수없이 해야 한다. 그때 서로 당기는 두 사람 간에 호흡과 힘의 조절은 물론, 온도 차와 습도도 잘 맞아야 한다. 그 작업 과정에서 엿 속에 공기가 들어가 구멍이 생기는 것이다. 또 엿의 색깔이 하얀색으로 바뀌면서 먹을 때 입에 달라붙지 않고 바삭바삭한 쌀엿으로 만들어진다.

그렇게 만들어진 엿가락을 가지고 하는 놀이가 엿치기이다. 엿가락을 하나씩 들고 중간을 꺾어서 훅 불어 구멍이 가장 크게 나면 이기는 내기다. 아이들은 물론 어른들도 즐겨 하던 놀이였다.

그 전통 방식의 엿은 전남 담양의 슬로시티 창평에서 만드는 쌀엿과 나주와 전북 임실의 삼계 쌀엿이 유명하다. 그 전통 민속 엿은 설 명절 때 일가친척 및 동네 주위 분들이 새해 인사차 모일 때 접대용으로 많이 쓰인다. 특히 자녀들의 혼사 때 사돈댁에 보내는 이바지 선물용으로도 많이 사용한다.

어린 시절, 형님들의 혼사 때 부모님께서 사돈댁에 이바지 선물로 전통 엿을 보내고 또 받았던 것으로 기억된다. 선물로 받은 엿이 든 상자를 펼쳐 놓고 형님과 조카들과 함께 엿치기 내기를 하였다. 엿 가운데를 툭 부러트려 가운데 구멍이 크게 나 있으면 그렇게 기분이 좋을 수가 없었다. 엿치기를 하는 동안 서로 눈치를 보며 누구 엿에 큰 구멍이 나 있을까, 가슴 졸이며 놀이를 했다. 기대에 차 있던 눈빛, 속상해하며 내뱉던 한숨, 이겼다며 큰 소리로 환호하던 모습들이 아련히 떠오른다.

엿 하면 생각나는 것 중 하나는 대학 입학시험이다. 그때가 되면 엿을 많이 선물한다. 예전에는 입시 때면 엿으로 인하여 웃지 못할 일이 많이 일어나기도 했다. 입시생을 둔 부모들은 어떻게 해서든지 자기 자식이 지원하는 대학에 합격하기를 기원했다. 그래서 시험 날 고사장이 있는 학교 정문에 갱엿을 붙여 놓고 기도하는 어머니들이 많이 있었다. 그로 인하여 학교의 정문을 지키는 수위 아저씨들의 수난이 이만저만이 아니었다. 시험이 끝나면 정문에 다닥다닥 붙은 갱엿을 떼어 내는 데 많은 수고를 했기 때문이었다.

전통 방식의 엿이 세월이 흘러감에 그 용도가 이렇게 변해 가는 것을 보면서 소박한 민속놀이였던 엿치기가 계속 이어져 나갔으면 하는 마음이다. 한 가지 이어지고 있는 것이 있다면 엿장수가 큰 엿가위를 치며 장타령을 부르는 〈품바〉 공연이 아닐까 한다.

요즘도 가끔씩 길가나 시장 어귀에서 엿판을 놓고 파는 엿장수를 만난다. 신명 나게 가위를 치며 장타령을 부르는 일도 없고 큰 소리로 호객하는 외침도 없다. 그저 서서 지나가는 사람들을 물끄러미 바라만 보는 모습이다. 어쩌다 엿을 사는 이도 있겠지만, 지나칠 때마다 보지만 사 먹는 이를 거의 볼 수 없다. 먹을거리가 풍성하기 때문이기도 하겠지만 사람들의 입맛도 많이 변한 것 같다.

시대의 변화로 언제였는지도 모르게 사라진 것들이 너무도 많다. 엿치기도 우리 곁에서 사라져 간 민속놀이 중의 하나이다. 살아가면서 풋풋하게 사람 냄새를 풍기던 것들, 그것들을 되살릴 방법은 없을까.

두 여인네가 갱엿을 잡고 서로 당기며 엿을 만들던 모습이 눈에 보이는 듯하다. 엿치기를 하고 이겼다며 즐거워하던 그때가 그립다.

(2015. 5.)

백양사 쌍계루(雙溪樓)

　내 고향 장성에는 천 년 고찰 고불총림 백양사가 있다. 어릴 적 살던 집에서 4킬로미터밖에 떨어져 있지 않았다. 이 사찰은 백학봉의 거대한 흰 바위를 배경으로 맑고 찬 계곡 물이 흘러내려 경치가 매우 수려하다. 봄철이면 백양사 입구 양쪽 도로변에 곱게 핀 벚꽃들이 터널을 이루고, 가을철이면 애기단풍의 색깔이 붉게 물들어 봄, 여름, 가을철에 많은 관광객들이 찾아와 감상하며 즐긴다.

　갈참나무와 단풍나무가 도열하듯 서 있는 숲길을 지나 대웅전 입구에 들어서면 가장 먼저 쌍계루가 눈에 띈다. 백암산 골짜기에서 내려오는 맑은 물 위에 누각이 세워져 있다. 누각 앞에는 계곡을 막아 만든 연못이 있는데, 그 뒤로 병풍처럼 서 있는 기암절벽이 연못에 투영되어 어른거리면, 쌍계루는 그것과 어우러져 장관을 이룬다.

이 누각은 고려 충정왕 2년인 1350년에 교루(橋樓)라고 하여 최초로 지어졌다. 그런데 공민왕 19년인 1370년에 폭우로 인하여 부서졌다. 그 후 우왕 3년인 1381년에 복원되어 목은(牧隱) 이색(李穡)이 그 이름을 쌍계루(雙溪樓)라 하여 지금까지 내려오고 있다.

선친과 백양사의 쌍계루와는 깊은 인연이 있다. 한학자이며 군(郡)의 유지였던 아버지는 1927년에 고향인 북상면 제2대 면장으로 재직하셨기에 많은 분들과 교류하셨다. 지금은 장성호 아래 수몰되어 행정구역마저 사라졌지만, 당시의 고향 이웃 면에 위치한 백양사 스님들과 교류차 자주 왕래하셨다. 당시에 백양사의 주지 스님으로 계신 송만암(宋曼庵) 대종사(大宗師)와는 친분이 각별하여 집으로 초청해 접대도 하시고 사랑채 대청마루에서 시조를 읊기도 하셨다고 한다.

이 누각 안에는 편액이 많이 걸려 있었다. 선인들이 백양사 대웅전 뒤에 우뚝 솟은 백암산의 흰 바위를 둘러보고 누각에 올라보고 느낀 점을 한 편의 시(詩)로 표현한 것들이었다. 역사적으로 우리가 알 만한 인물로는 고려 시대의 포은(圃隱) 정몽주(鄭夢周), 목은(牧隱) 이색(李穡), 사가정(四佳亭) 서거정(徐居正)을 비롯하여, 조선 시대의 삼봉(三峯) 정도전(鄭道傳), 필자의 15대조이신 하서(河西) 김인후(金麟厚), 소재(蘇齋) 노수신(盧守愼), 면앙(俛仰) 송순(宋純), 영의정을 지낸 이산해(李山海) 같은 분들이었다. 여기에 아버지가 지으신 시 편액도 다른 선인들의 편액과 함께 걸려 있었다. 그러나 불행히도 6·25 한국전쟁의 피해로 쌍계루가 전소되어 모두 없어졌다.

소실된 쌍계루는 1980년에 전남 도지사의 배려로 누상의 편액 중 역대 명인들의 종전의 시를 수집하고 복원하여 영인(影印)해 올렸으나 원본을 찾지 못하여 누락된 편액들은 복원을 하지 못했다. 그것들 속에 아버지의 편액도 들어 있었다. 그러나 수년 전, 구순이 넘은 둘째 형님의 문갑 속에 깊숙이 보관되어 있는 아버지의 시 원본을 찾아냈다. 백양사 주지 스님을 방문하여 복원 요청을 하여 차후에 기회를 보자고 했으나, 주지 스님이 몇 차례나 바뀌어 아직까지 복원을 하지 못하고 있는 실정이다.

쌍계루가 소실되기 전 누각 안의 편액에 있던 아버지의 시(詩) 전문이다.

敬次

洞雲十里有高僧　구름 덮인 긴 골짜기에 고승이 살고 있는데
學道觀經兩自能　도를 닦고 경을 보는 것이 둘 다 능하다네.

樓閣重新鐘磬出 누각은 거듭 새로워지고 종과 경쇠도 새로 다는데

溪山如舊畵圖增 산천은 예와 같은데 그림은 늘어났구나.

白蓮曉月天光*遠 백련 같은 새벽달은 맑은 빛을 멀리 비추는데

紅樹秋風露氣澄 붉은 단풍 가을바람은 이슬을 더욱 맑게 하는구나.

壁上殘編遺墨在 벽에 붙은 낡은 책장에는 아직 먹빛이 남아 있고

續吟此日慕先登 시 읊으며 오늘도 먼저 왔던 사람들 생각하며 오른다.

一河西 文正公十四世孫 雲岡 金相喆

아버지께서 백양사 경내를 돌아보시고 느낀 바를 시로 읊으셨다. 맑고 깨끗한 아버지의 시정이 느껴진다. 이 시를 대할 때마다 바르고 아름답게 최선을 다하며 살아가자고 결심하게 된다. 그렇게 사는 것이 아버지를 기쁘게 해 드리는 것이라는 생각이 든다.

아버지의 편액이 하루 빨리 복원되었으면 하는 바람이다. 쌍계루에 있던 대로 복원시키는 것이 자식된 도리가 아닐까 한다. 아버지의 시가 세상 밖으로 나와 여러 사람들이 감상할 수 있는 기쁨을 누릴 수 있으면 좋겠다.

(2015. 12.)

* 천광(天光) : 맑게 갠 하늘 빛.

섶다리

   내 고향 텃골[基洞] 앞 냇물에는 그 흔한 콘크리트로 만든 다리 하나 놓여 있지 않았다. 매번 선거 때가 되면 선량 후보들은 당선 되면 앞 내에 큰 다리를 놓아 편하게 건널 수 있도록 만들겠다고 선심 쓰듯 호소하며 한 표를 부탁하곤 했다.

   영하의 추운 겨울에도 다리가 없는 냇물을 양말을 벗고 건너야 마을로 들어가고 또 마을 밖으로 나갈 수 있었다. 학교에 가기 위해 맨발로 냇물을 건너는 아이들이 안쓰러워 아버지들이 나와 자기 자식들을 업어서 냇물을 건네주고 가셨다. 부모님의 사랑과 희생정신을 자식들에게 솔선하여 보여 준 것이었다. 또 갑자기 타지의 손님이 찾아오면 난감하기 이를 데가 없었다. 그 당시는 전화가 없던 시절이어서 서신으로 언제 방문하겠다고 미리 통지

하면 그날 집에서 일하는 머슴을 내보내어 손님을 업어 냇물을 건너게 했다. 얼마나 불편한 일이었던가.

마을 사람들이 그런 고통을 없애자고 회합을 한 끝에 모두가 울력에 참여하여 다리를 놓았다. 그 다리가 바로 섶다리였다. 냇물 위에 소나무로 기둥을 세우고 소나무 가지로 그 위를 덮어 걸을 수 있게 만든 다리이기에 모두가 소중하게 여겼다. 그런데 그 다리가 여름철 장마에 버티지 못하고 모두 떠내려갔다. 장마가 지면 산골짜기에서 내려오는 흙탕물에 견디지 못하고 모두 휩쓸려 내려간 것이었다. 그래서 비가 많이 쏟아지는 장마철에는 냇물 건너 밖으로 나갈 수 없어 꼼짝없이 물이 빠질 때까지 갇혀 있을 수밖에 없었다. 장마가 끝나고 냇물이 빠지면 마을 주민들은 다시 합심하여 섶다리를 만들었다.

나는 올봄에 우리나라 한반도 지형과 똑같이 닮은 면(面)이 강원도에 있다고 하여 확인해 보고 싶어 그곳으로 여행을 가는 모임에 동참하였다. 서울에서 버스를 타고 두 시간 정도 달려 어느 강가에 도착하니 과연 한반도 지형과 똑같이 닮은 산이 보였다. 또한 강물 위쪽 멀리에 강을 가로질러 길게 세워진 다리가 보였다. 나는 소나무를 얽어맨 다리이기에 관심을 가지고 유심히 보았다. 그 다리는 어렸을 때 보았던 다리와 비슷한 모양의 섶다리였던 것이다.

그곳은 강원도 영월군 한반도면에 있는 선암마을이었다. 전망대에 올라가서 바라보니 그 산은 남해안 쪽에서 북쪽으로 올려다본 우리나라 지도와 똑같아 보였다. 한반도 지형을 닮은 산은 삼면이 강물로 둘러싸여 있고, 강물에 긴 장대를 이용하여 움직이는 두 척의 뗏목이 관광객들을 태우고 가는 모습이 평화로워 보였다.

우리는 전망대에서 내려와 선착장으로 가 뗏목 체험을 하기 위해 모두가 구명조끼를 입고 뗏목에 올라탔다. 떼꾼이 출발한다는 신호를 하자 뗏목이 움직이기 시작하였다. 떼꾼은 이 강의 이름이 서강이며 이 물이 충북 단양을 거쳐 남한강으로 흐르고 서울의 한강을 지나 인천 바다로 흘러든다고 했다. 그리고 우리가 출발한 지점이 지도상으로 보아 강원도 주문진쯤 되며 동해를 따라 남해로 계속 내려가고 남해상에서 다시 서해상으로 들어가 머문 곳이 연평도쯤 되며, 여기서 더 이상은 군사 분계선인 북한 지역이기에 통과할 수 없으므로 아쉽지만 처음 출발했던 선착장으로 되돌아서 간다고 설명하였다. 우리는 한반도 지형을 바다가 아닌 서강을 통하여 한 바퀴 돌아본 셈이었다.

점심시간이 되어 강가에 돗자리를 펴고 준비해 온 음식으로 식사를 했다. 자연의 바람과 함께 강가에서 삼겹살을 직접 구워 먹는 맛은 무엇과도 비교할 수 없는 최고의 맛이었다.

점심을 마치고 백두대간의 산행을 직접 체험하기 위하여 한반도 지형 한가운데인 서울쯤 되는 지점으로 이동했다. 그런데 어렸을 때 고향 마을 앞 내에서 보았던 섶다리가 그곳에서부터 강물을 가로질러 길게 놓여 있었다. 시멘트가 없던 그 시절에 나무를 엮어 이런 다리를 만들어 사용했던 우리 조상님들이 매우 지혜로웠음을 느꼈다.

영월 한반도면에서 섶다리를 걸어 보니 옛날 고향에서 어렸을 적에 아버지와 어머니의 손을 잡고 다리를 건너 친척 집에 다니던 일이 생각났다. 학교 등하교 때 섶다리 위를 친구들과 함께 뛰어 달렸던 추억도 아련히 떠올랐다.

한참 동안 섶다리에 멈춰 서서 하늘을 바라보았다. 한없는 그리움에 젖어.

(2016. 1.)

그린 하우스(Green house)

　우리 집 마당에 들어서면 제일 먼저 눈에 들어오는 것이 있다. 그것은 무더운 여름에 시원한 그늘을 드리우는 잎사귀가 넓은 오동나무이다. 대문 옆에는 은행나무가 우뚝 서 있고, 그 옆으로는 먹기 좋은 대봉 감나무, 앵두나무, 단풍나무, 등나무 등이 시원하게 이파리를 살랑거린다. 마당 모퉁이 건물 옆으로 흰색과 보라색의 라일락이 초여름 날 짙은 향기를 내뿜으며 무성히 자라 햇빛을 가려 주고 있다.

　이 나무들은 40여 년 전 이 집으로 이사 올 때 기념 식수용으로 묘목을 직접 사 와 심은 것이다. 특히 오동나무는 씨앗을 주워 와 마당에 심었던 것인데 이렇게 자라서 시원한 그늘을 만들어 주고 있다. 가끔씩 깃털이 알록달록한 이름 모를 새들이 날아와 나뭇가지에 앉아 한참을 지저귀다 날아간다.

우리 집 대문이 열려 있으면 지나던 사람들이 대문 안을 들여다 보고 문턱에 걸터앉아 잠시 쉬면서 "이 집은 나무 그늘이 있어서 시원하겠다." 어떤 사람은 "이 집은 그야말로 그린 하우스(Green house)네. 앞마당이 시원하겠네." 하며 땀을 닦아 내면서 마당 안을 관심 있게 기웃거려 보고 지나간다.

나는 그런 소리를 들을 때마다 기분이 좋아진다. 마당이 좁아 더 많은 나무를 심을 수 없어 아쉬운 마음에 이층으로 올라가는 계단 층계에 예쁜 꽃을 심은 화분을 가져다 놓고 골목으로 지나가는 사람들이 볼 수 있도록 진열해 놓았다.

옥상에는 정원을 만들어 꽃들을 가꾸고 있다. 주로 우리나라 재래종 꽃의 씨앗을 뿌려 싹이 돋아나면 화분에 옮겨 심는 것이 봄이면 내가 하는 일 중의 하나이다. 봄, 여름, 가을, 철 따라 예쁜 꽃이 피어 벌, 나비 들이 날아와 꽃가루를 헤집는 모습을 보고 나면 결실의 열매가 맺어진다. 이러한 자연의 순리를 보고 있으면 마음이 편안해지고 기쁘다. 이렇게 마련한 옥상 정원의 화분이 무려 300여 분이 넘는 듯하다.

옥상 정원에 앉아 있으면 자연히 꽃들을 살펴보게 된다. 꽃들은 활짝 피어 화사한 모습을 보이고 잎사귀들은 싱싱함을 자랑한다. 그 후 꽃잎이 떨어지고 열매가 열리면 파란 잎사귀들도 시간이 흐를수록 단풍이 들어 떨어진다. 그때 씨앗을 받아서 이듬해에 또 아름다운 꽃을 볼 수 있도록 잘 갈무리해 둔다. 눈 내리는 겨울은 휴식의 계절로 일년초들은 전부 뽑아내어 화분들을 비워 둔다. 이것이 화초를 가꾸는 일 년 농사이다.

봄철은 철쭉꽃을, 여름철에는 달리아꽃과 손톱에 물들이는 봉숭아꽃을 감상하고, 가을에는 향기 그윽한 국화꽃을 늦가을까지 관상한다. 이런 우리 집을 '그린 하우스'라 불러도 전혀 어색하지 않다고 생각한다. 더운 여름날이면 시원한 그늘을 부러워하는 이웃 사람들을 오게 하여 옥상에서 가꾼 재래종 꽃들을 구경시켜 드리고, 나무 그늘 밑에 앉아 정담을 나누면서 시원한 음료수와 아이스크림을 함께 먹는 맛이란 이루 다 말할 수가 없다.

아내와 나는 건강한 마음으로 우리 집을 공해 없는 그린 하우스로 더욱 넓혀 나가 앞으로 동네 사람들의 쉼터가 될 수 있기를 꿈꾼다. 그렇게 되도록 나는 더욱더 열심히 나무와 식물들을 가꾸며 살아가리라.

(2015. 2.)

물속에 잠긴 고향, 그리고 그리움

— 김병헌 수필집 ≪아버지의 연상(硯箱)≫을 읽고

이 정 림

≪에세이21≫ 발행인 겸 편집인·수필평론가

1.

　"문불여장성(文不如長城)"이라는 말이 있다. 글은 장성만 한 곳이 없다는 이 말은 조선시대 흥선대원군이 8도를 여행하던 중, 호남지방을 둘러보다가 남원 순천 광주를 비롯한 여러 곳의 특색을 평하면서 장성에 대해 언급한 말이다. 그만큼 장성은 학문과 선비의 고장이었다. 영남을 대표하는 서원이 퇴계의 도산서원이라면, 호남을 대표하는 서원은 남도 유일의 사액서원(賜額書院)인 '필암서원(筆巖書院)'이다. 이 필암서원은 하서(河西) 김인후(金麟厚, 1510~1560) 선생의 높은 절의(節義)와 학문을 숭앙하기 위해 문인들이 선조 23년에 세운 서원이다.

　필암서원에 주벽(主壁)으로 모셔진 하서는 맑고 깨끗한 인품을 지닌 도학자였다. 그런데 김병헌 작가는 이 김인후 선생의 15대 손이다. 그러니 "향 싼 종이에선 향내가 난다"는 법구경의 게송(偈頌)처럼, 이 작가가 오늘날 장성의 문인이 된 것은 결코 우연이 아니다.

2.

이 작가의 아명은 '쉰둥이'이었다. 아버지의 연세 50세, 어머니의 연세 48세 때 5남 2녀 중 막내로 태어났기 때문이다. 부모가 막내를 유독 귀여워하는 것은 당신들과 함께할 시간이 적다는 생각 때문이라고 한다. 작가의 선장(先丈) 역시 막내아들을 무척 사랑하셨다. 그래서 "너는 장차 커서 큰 인물이 될 것"이라고 격려를 아끼지 않으셨다.

> 아버지는 막내인 나를 항상 안쓰러워하며 극진히 돌보셨다. 외출할 때면 언제나 데리고 다니셨다. 집안 어른이나 이웃 어른을 만나면 "이 어르신은 어떤 분이시니 인사드려라." 하고 말씀하셨다. 나는 그렇게 어렸을 때부터 아버지를 따라다니며 여러 가지를 배워 나갔다.
>
> — 〈아버지의 사랑〉 중에서

그러나 '엄부자친'이라는 말이 있듯이, 아버지는 인자하기만 한

분은 아니었다. 귀여운 자식일수록 엄한 훈육이 필요하기 때문이었을 것이다. 그래서 화단에서 꽃 하나를 꺾은 어린 아들을 무섭게 나무라신다.

다섯 살 때의 일이다. 봄철이면 우리 집 마당과 사랑채 정원에는 아름다운 꽃들이 많이 피었는데, 아버지가 거처하시는 사랑채 앞에는 유독 예쁘고 탐스러운 목단 꽃이 피어 있었다. 갖고 싶은 욕심에 나도 모르게 그 꽃을 꺾자 집안일을 보시던 분이 이 광경을 보고 곧바로 아버지께 일러바쳤다. 나는 그 즉시 불려가 엄하게 내리시는 꾸중과 함께 훈계를 받고 회초리로 종아리를 맞아 많이 울었다. 아버지는 "예쁘다고 네가 꺾으면 다른 사람은 볼 수가 없지 않느냐? 다음에는 탐이 나더라도 꺾지 마라." 하고 타이르셨다. 그 말씀이 어린 마음에도 가슴 깊이 새겨져 자라서도 피어 있는 꽃을 다시는 꺾지 않았다.

— 〈그리운 고향〉 중에서

작가의 아버님은 한학자이셨다. 그래서 60여 년을 붓으로만 글을 쓰셨다. 매년 정초나 한가위 때면 친지나 마을 유지들, 그리고 학교 선생님께 덕담을 쓴 서찰을 보내시곤 했다. 그 심부름을 막내에게 시킨 것은 품격 있는 예도(禮度)를 몸에 익히기 위한 뜻이었는지도 모른다.

연상 앞에서 정좌를 하시고 두루마리 한지에 붓글씨를 쓰시던 모습이 지금도 어제인 듯 떠오른다. (…) 아침에 일어나면 아버지는 여러 통의 서찰을 주시며 "건너 마을 아저씨 댁과 친척집에 이 서신을 전하여라." 하셨다. 그러면 나는 이 서신을 빠른 걸음으로 모두 전하고 학교에 갔다.
— 〈아버지의 연상(硯箱)〉 중에서

이런 웅숭깊은 사랑과 가르침을 받고 자란 아들이면서도 아버지께 딱 한 번 불효를 저지른 일이 있다. 그것은 가정 형편을 헤아려 스스로 학업을 포기하고, 몰래 공군에 입대를 한 일이다.

입대하고 1개월이 지난 어느 날, 중대장이 두루마리 한지에 붓글씨로 쓴 아버지의 편지를 건네주었다. 그 장문의 편지에는 구구절절 아들을 걱정하는 내용과, "연로한 아버지로서 아들의 얼굴 한 번 볼 수 있을지 걱정이라며 중대장님의 선처를 바란다는 호소"(〈아버지의 사랑〉)의 글이 쓰여 있었다. 그 간곡한 부정에 감동한 중대장이 특별히 3일간의 외박을 허가해 주어 아버지를 뵙고 왔지만, 그해 12월 비보를 듣고 달려간 막내아들의 얼굴도 보지 못한 채 끝내 운명하시고 말았다.

엄격한 군대의 규율을 벗어나 외박을 허락하도록 중대장의 마음을 움직인 아버지의 자식 사랑이 놀랍고, 그 감격에 뜨거운 눈물이 쏟아졌다.

또한 아버지의 부탁을 흔쾌히 받아들인 중대장의 부하 사랑이 가슴을 뭉클하게 했다.

— 윗글 중에서

장성에는 천년 고찰인 백양사가 있다. 그리고 그 백양사에는 쌍계루가 있는데, 그 쌍계루와 작가의 집안과는 깊은 인연이 있다. 쌍계루에는 선인들이 백양사 대웅전 뒤에 우뚝 솟아 있는 백암산을 바라보며 지은 시들이 편액으로 걸려 있다. 고려시대의 학자로는 포은 정몽주, 목은 이색, 사가정((四佳亭) 서거정의 시가 있고, 조선시대에 들어와서는 삼봉 정도전과 하서 김인후(작가의 15대조)와 소재 노수신, 면앙 송순 등의 시가 걸려 있는데, 거기에 작가의 선대인의 시도 걸려 있기 때문이다. 그러나 그 시는 아쉽게도 6·25때 쌍계루가 전소되면서 소실되고 말았다. 그 쌍계루에 아버지의 시를 다시 편액으로 모시고 싶어 하는 작가의 효심은 그 소망을 꼭 이루게 하리라 믿는다.

이제 아들은 아버지가 그리울 때면 당신의 혼과 체취가 스며 있는 연상(硯箱)을 열어 먹을 갈고 붓글씨를 쓴다. 그 연상은 작가의 부모님이 혼인하실 때 할아버지께서 마련해 주신 것이니 좋이 백 년이 넘는 유품이다. 그 유품을 대할 때마다 아버지께 저지른 불효를 뉘우치며 당신의 사랑이 얼마나 컸던가를 되새겨보는 작가의 모습이 숙연하다.

노천명은 〈고향〉이라는 시에서 이렇게 읊었다. "언제든 가리/ 마지막엔 돌아가리/ 목화꽃이 고운 내 고향으로/ 조밥이 맛있는 내 고향으로 (…) 꿈이면 보는 낯익은 동리/ 우거진 덤불에서/ 찔레 순을 꺾다 나면 꿈이었다."

그러나 김병헌 작가는 돌아가고 싶어도 돌아갈 고향이 없다. 조상 대대로 살아 왔던 고향집과 문전옥답이 물속에 가라앉아 버렸기 때문이다. 1973년 7월, 영산강 일대의 부족한 농업용수를 얻기 위해 장성댐을 건설하면서 그의 고향이 수몰되었기 때문이다.

소설가 문순태는 〈징소리〉라는 단편소설에서 허칠복이라는 주인공을 통해 장성댐 수몰민의 쓰리고 아픈 심정을 토해냈다. 허칠복은 징소리를 통하여 그 아픔을 절규했지만, 김병헌 작가는 수필로써 잃어버린 고향에 대한 추억을 재현해 내고 있는 것이다.

≪에세이21≫ 2010년 가을호로 추천을 받으면서, 이 작가는 천료 소감에 이렇게 썼다. "36년 전, 산 좋고 물 맑은 내 고향에 (…) 댐이 건설되었습니다. 면 전체가 수몰되니 주민은 모두 슬픔을 안고 고향을 떠나지 않을 수 없었습니다. 지금은 행정 구역마저 사라져 버린 고향이지만 세월이 갈수록 그리움은 짙어만 가서 그곳에 잠겨 있는 추억들을 글로써 재현해 보고 싶었습니다." 이 작가가

글을 쓰게 된 동기는 바로 잃어버린 고향의 재현이었던 것이다.

김병헌 작가가 그려 내는 고향에 대한 추억은 노천명의 〈망향〉을 연상케 한다. 그는 이렇게 눈을 감아도 선명히 그려지는 고향의 모습을 회상한다.

백양사 골짜기에서 내려오는 물이 냇물을 이룬다. 그 냇물은 내 고향 어귀를 돌아 흘러간다. 어릴 적 내가 살던 집을 가려면 그 냇물의 징검다리를 건너야만 한다. 돌다리는 항상 물이 넘쳐흘러 한겨울에도 양말을 벗고 건너야만 한다.

냇물을 건너면 바로 앞에 삼백여 년 된 큰 정자나무가 서 있고 그 아래에는 한여름에 쉬면서 땀을 식힐 수 있는 모정이 자리 잡고 있다. 그곳을 지나 길을 따라 거슬러 올라가면 왼쪽에 수백 년 된 은행나무 암수 두 그루가 서 있고, 그 아래에는 옛날에 연자방아가 돌던 터가 그대로 남아 있다. 거기서 조금 더 올라가면 조그만 산 아래 큰 기와집이 보인다. 그곳은 우리 집안의 조상님을 모시는 제각(祭閣)이다. 그곳을 돌아서 가운데 길로 들어서면 백여 호의 마을이 평화롭게 보인다. 이 마을이 내가 태어난 텃골[基洞]이다. 마을 한가운데 큰 기와집 두 채가 있는데 왼쪽에 자리 잡은 집은 큰댁이고, 오른쪽의 집이 우리 집이다.

— 〈그리운 고향〉 중에서

고향은 자신의 태실(胎室)이나 같다. 고향에는 정지된 화면처럼 어린 시절의 추억이 오롯이 남아 있다. 그런 고향에 갈 수 없는 사람들은 마음에 허전한 바람을 안고 산다. 그 바람을 끝내 잠재울 수 없어 뜻을 모아 지은 "장성호 북상면 수몰문화관". 그 정면에는 이런 글귀가 새겨져 있다.

30여 년 동안 고향에 가지 못하고 물결만 바라보며 사는 사람들이 있습니다. 내 집 내 논밭 다 버리고 고향을 떠나 사는 사람들이 있습니다. (…) 장성호는 고향을 잃은 사람들의 눈물입니다. 장성호 물결보다 깊은 길고 긴 실향의 아픔과 그리움을 모아 마을과 추억 속의 고향을 찾고자 이곳에 '장성호 북상면 수몰문화관'을 세웁니다.

허전함이 커서 수몰문화관을 지으면 무엇 하겠는가. 마음은 세월 따라 앞으로 나아가지 않고 뒤로만 가는 것을.

어쩔 수 없이 고향을 떠나왔어도 어릴 적 눈에 익은 고향 마을 어귀와 뒷동산은 지금도 잊히지 않는다. 장성댐의 물속에 가라앉은 집과 뜰 앞 냇가에 흐르던 맑은 냇물, 이제는 머릿속에서만 그려지는 고향 풍경들이다. 인자하셨던 부모님의 모습이 고향 풍경들과 함께 더욱 그리워지는 요즘이다. ─ 〈그리운 고향〉 중에서

3.

　김병헌 작가의 작품 세계는 다양하다. 땀 흘려 거두는 수확의 기쁨(〈우리 집 감나무〉), 받는 기쁨보다 더 즐거운 나눔의 기쁨(〈나눔의 기쁨〉), 타 종교와의 화합을 통해 얻는 보람(〈사랑의 대바자회〉), 포기해서는 안 되는 생명의 존엄성(〈화초를 가꾸며〉) 등 다양한 지류(支流)가 있지만, 큰 맥은 아버지에 대한 사랑과 잃어버린 고향에 대한 그리움이다.

　문학은 마음속에 사랑과 그리움을 안고 사는 사람만이 쓸 수가 있다. 사랑과 그리움은 우리가 잃어버린 원초적인 순수성과 마주하게 만들기 때문이다.

　결혼 47주년에 맞추어 내는 이 첫 수필집은 그래서 더욱 뜻이 깊다. 사파이어 웨딩[紅玉婚式]도 지나 이제 금혼식(金婚式)을 바라보는 이 작가에게 무엇보다도 값진 것은 그 순수한 마음을 여전히 간직하고 있다는 점이다. 순수함은 이 작가로 하여금 금보다 더 단단한 수필을 쓸 수 있는 훌륭한 자산이 되어줄 것이다.